PARADISE LOST

遇见台湾

Encounter Taiwan

张钰良 许菲

———— 主编

百花洲文艺出版社
BAIHUAZHOU LITERATURE AND ART PRESS

出版人

姚雪雪

Publisher:

Yao Xuexue

主编

张钰良 许菲

Chief Editor:

Zhang Yuliang Xu Fei

责任编辑

郝玮刚 陈少伟

Responsible Editor:

Hao Weigang Chen Shaowei

装帧设计

云中设计工作室

Graphic Design:

YunYard Design Workshop

出版发行

百花洲文艺出版社

Distribution:

Baihuazhou Literature and Art Press

古早的味道

The Taste
of
Ancient Times

目录

古 壹

早

Ancient

焦桐…古早的味道　　**蛋蛋 in 北京**…街头小食

味道 古早的

Taste of Ancient Times

Text & Photo | 焦桐

焦桐

本名叶振富，笔名焦桐，台湾高雄市人。曾
任台湾《中国时报》副刊组执行副主任，二
鱼文化事业有限公司负责人，台湾《饮食》
杂志创办人。著有《蕨草》《咆哮都市》《台
湾味道》《暴食江湖》等作品。

台湾居民大多移自福建，清淡偏甜的福州菜，和又油又咸的闽西菜，自然参与建构台湾味道的基调。闽南菜尤其是主调，它重视佐料，也常以中药材入菜，如"药炖排骨""当归土虱""烧酒鸡"，等等。

在台湾发展出的风味小吃中，许多兼具主食、菜肴、点心的功能，诸如大肠煎、猪血糕、鳝鱼意面、大肠蚵仔面线、蚵仔煎、炒米粉、咸粥、筒仔米糕之属，皆带着庶民性格。

另一项显然可察的特色是，台菜常见的外在形象是汤汤水水，食物泡在羹汤中，既吃固体也喝汤，一举两得。诸如佛跳墙、菜尾汤、鼎边趖、红烧鳗羹、鱿鱼羹、生炒花枝、四臣汤、肉羹、猪血汤、鱼丸汤、白汤猪脚……

1– 在后现代情境中，充斥着对当下的怀旧。
　　古早，是怀旧的符码

台湾饮食以小吃为大宗，大部分台湾小吃源自经济贫困的年代，经济地位和生活条件形塑了克勤克俭的饮食文化，这种文化带着顽固的模式，保守、重复、停滞、简陋而古朴，我们通过饮食的审美活动，能轻易领略古早的年代，诸如古早的食物，古早的烹调方式，古早的用餐氛围，古早的饮食习惯。

在后现代情境中，充斥着对当下的怀旧。古早，是怀旧的符码。现在很多店家标榜"古早味"，然则古早味是什么？何以形成传统？美国社会学家希尔斯（Edward Shils）在《论传统》中说传统最明显、基本的含义是世代相传的东西（traditum），他用这个拉丁文表示传统之形成。

古早味因为人们的喜好而风行、流传，那是一种经验的累积，点点滴滴被反复修饰过，成为普罗大众接受的滋味。我们可能并不知道最初的创造者姓甚名谁，也可能张冠李戴，附会某种传说在某个名人身上。人们长期吃它，谈它，视它为生活中的理所当然。何况我们并未或总是生活在古早时代，怎么会知道彼味为古早？此味又如何不古早？

我的论点是：古早并非特定的存在，我们仿佛耳熟能详的古早味，其实是对古早的想象和模拟；我们并非在计较一种实质性传统（substantive tradition），即崇尚过去的成就和智慧，好像今总是不如古。古早味是现存的过去，是当下的一部分。

1- 米粉汤

崇尚自然 ————————————————————————

古早味是一种态度，它崇尚自然。例如熬汤，传统的高汤一定得老老实实用禽畜的肉、骨或水鲜熬制，不胡乱添加人工调味料，诚如西谚所云："欲煮出好汤，锅子必须先微笑（to make good broth, the pot must only smile）。"汤要美，先得喂锅子美味。现在有很多掌勺的人拜了味精做师傅，以为有了味精就会烧菜，任何东西都加味精。中华料理多依赖味精，尤其小吃摊，好像没有味精就不会煮汤，鱼丸汤、海鲜汤鲜少用鱼骨熬制，整包味精就习惯性地倒入锅中，形成顽固的集体怠惰，很令人泄气。

"米粉汤"的汤头之所以美味，乃因熬煮过猪肉和内脏，非常腴美，实不必再作任何调味。我无法忍受米粉汤了无滋味，仅依赖味精掩饰，吃味精米粉汤像遭遇骗子，一口就令人绝望。

又如台湾风味小吃"肉臊饭"：肉臊饭制作简单，谈不上什么祖传秘诀，只要肯用心计较，没有不好吃的道理。关键在煮出好饭，和那锅老卤汁与里面的肉臊，认真掌握选料、去腥、爆香、卤煮的工序。

从前的"筒仔米糕"多以陶筒或竹筒作模子；现在则多用铁筒、铝筒，最糟糕的是用塑料筒炊米糕，简直自暴自弃。陶筒、竹筒的好处是透气，炊的过程可排出多余水气，滋味才会好。

美味的"猪血糕"先决条件自然是猪血要绝对新鲜，好吃的关键在于成品的口感香滑，柔软而饱含弹性、嚼劲。目前坊间大部分的"猪血糕"不似此图，而是多批自工厂，面貌模糊。

"菜包"也是，所有好吃的菜包皆遵循古法制作，都带着木讷质朴的表情，正正经经磨米制皮，严选材料再仔细爆香，绝不胡乱添加化学调味料。

1– 筒仔米糕
2– 制作好的肉臊

克 勤 克 俭 ——————————————————————————

台湾小吃皆带着克勤克俭的表情，诸如"糕渣"就是节俭惜物的风味小吃，它源于经济贫困的年代。起初，宴席结束后，留下一些鸡肉、猪肉、虾等"菜尾"，先民将这些残羹冷炙混合太白粉、玉米粉，熬煮成胶状，再裹粉油炸，竟变身为另一种食物。

"油葱粿"也是一种台湾的老食物，堪称消失中的传统美味，表现小吃中的老灵魂。台菜中的"鸡卷"当以闽南语发音，"鸡"与"多"同音，意谓多出来的一卷，将祭祀后没用完的猪肉、剩菜剁碎，调味，以腐皮包卷，入油锅炸熟。

"菜尾汤"即杂菜汤，有一种特殊味道，老台湾的味道，广纳多种熟食再加以烩煮，杂味纷呈又融为一体；菜尾，闽南语意谓吃剩的菜肴。台湾的菜尾汤源自"办桌"，从前请人外烩，筵席结束后，主人会将全部剩菜倒入大桶中。在贫穷的年代，那些宾客没吃完的剩菜不会拿去喂猪，而是分装在塑料袋里，私下送给亲朋邻舍，带回家烩煮，竟饶富滋味。我小时候最欢喜吃"菜尾"，好像什么东西都在里头了，特别下饭，运气好还能捞到珍贵的食物，像零星的鱼翅、干贝。

"四臣汤"是穷人的补品，汤里的中药材和那些猪内脏都很便宜。穷人需要滋补，穷人也往往缺乏滋补；贫穷的时候用美味进补，感情特别深刻。很多台湾人小时候都吃过妈妈煮的四臣汤，每一追忆不免是盈眶的眼泪。

"鸭赏"是昔日台湾人跟恶劣环境斗争的意外成品，亦是珍惜福分的产物。兰阳平原多溪涧隰地，冬山河尚未截弯取直前，每逢豪雨辄泛滥成灾，不可思议的是频密的水灾，竟还开垦出数百顷的看天田。台风季，稻穗若来不及成熟抢收，被水患摧毁的米谷，则用来养鸭，早期有些养鸭人家赶鸭子到涝田里饲养，鸭群嘎嘎在涝田间俯仰觅食，格外婀娜多姿，其粪便又变成有机肥，滋润了田地。

接受即能超越。大规模的养鸭产业，若生产过剩，养鸭人家以烟熏保存，即成鸭赏。制法相当费时费工：整治干净的光鸭用竹片撑开成扁平状，抹上粗盐、胡椒等调味香料，腌渍一整天，以木炭烧甘蔗皮熏烤致熟；待甘蔗的甜气渗透入鸭肉，再剔除骨架，风干。鸭赏盛产于每年秋末春初，东北季风强劲时，成品表皮呈橘红色，外貌油亮艳丽，风味芳醇，可零食可宴客可下酒佐餐，通常凉拌吃，也适合

蒸炒，当然也可以搭配其他材料烹调，我想象它用来炒饭
会非常可口。

"梅干扣肉"则是北台湾客家族群的美食标志。客家菜肴
中广泛使用的酸菜、覆菜、梅干菜皆由芥菜制成，那是在
保鲜困难的年代所发明，期能长期保存这些芥菜。芥菜放
入大桶里腌渍，压紧密封，大约一个半月之后即成酸菜。
酸菜经过再干燥处理，并添加调味料，即是梅干菜。

1– 制作中的油葱粿
2– 凉拌鸭赏
3– 梅干扣肉

在过去的掌心中 ——————————————————

古早味常展现朴素美、简单美。简单，即是猪血糕的美感特征，也是生活的艺术，不矫饰、不包装、不过度加工，透露一种质朴憨厚的美学手段，可当点心，可作菜肴，又可取代主食，是蓝领美食的典型之一。因此吃猪血糕少了正经八百的身段，一支猪血糕在手，可以享受边走边吃的快感。有些东西边散步边吃，是很痛快的。人民社会地位越高，吃东西时越拘谨越讲究礼仪，这种无形的枷锁，固然较不妨碍他人的观瞻，却也压抑了自己的乐趣。

"福州面"表现为朴素美学，所谓"朴素而天下莫能与之争美"，朴素美是一种单纯的美感，摒除一切多余的东西，它让累赘和啰唆显得庸俗。福州面的朴素是一种自然美，带着谦逊、低调的性格，潜沉中似乎有几分孤独感，又仿佛透露出淡泊人事而亲近自然的感悟。

"大肠包小肠"最基本的要求是肠衣须采用天然新鲜的猪大肠。有人卖大肠包香肠，自作聪明在大肠里加入酸菜、泡菜、腌姜片、葱花、萝卜干、小黄瓜丝、花生粉、芫荽，弄得大肠鼓胀，香肠根本无容身之地，咬一口，那些添加物就掉落满地。那些添加物的味道又彼此扞格，完全干扰

了大肠和香肠的本味；何况，若天气稍暖，酸菜和小黄瓜容易腐败。尤有甚者是将糯米肠、香肠剪段，加入各种配菜，形式已荡然无存，又淋上酱汁，如甜辣酱、黑胡椒酱、泰式辣酱、芥末酱、咖喱酱；无论大肠或小肠，口味都已不轻，何必多此一淋？搞得糯米肠、香肠很神经质的样子。最要紧的是大肠、香肠的合奏，最多加一点酱油膏和大蒜，实不宜乱加卖弄。

又如肉粽，粽子之味以米饭挂帅，蒸煮的火候存乎经验，质量差的往往外表煮烂了，里面还有未全熟的米粒。此外，有人常大量添加馅料，搞得米饭沦为点缀，实不足为训。吾人皆知奢华不等于美，粽子的性格朴素，拼尽全力把想得到的山珍海味往里面塞，很多材料又彼此抵触，实在很多余。

白萝卜排骨汤的性格相当纯朴、简单，缺乏自信的厨师掌勺总唯恐材料、调料不够多，矫揉造作地在萝卜排骨汤中添加多种配料如香菜、玉米、山药、冬菜，像一首意象乱窜的诗，看起来华丽绚烂，却没头没脑，未能显现一个总体效果。尤有甚者，呆厨煮排骨汤竟胡乱掺入八角、红枣、枸杞、香菇。

1– 台中大甲区的镇澜宫
2– 台南的天后宫
3– 台南的花园夜市

我们都在过去的掌心中，无论小吃摊或餐馆，我们信赖的，往往是那些经营数十年的老招牌，历经时间的淘选、考验仍屹立着，质量肯定不差。

台湾小吃大抵以寺庙为中心而发展，先民移垦台湾，往往是独自漂洋过海，离乡背井的人不免缺乏安全感，加上当时医疗水平落后、治安不靖，更强化了神鬼崇祀的心理。他们通过祭品，祈求神鬼庇佑，香火渐旺，庙埕乃成为市集，庙前小吃历代相传，蒂固为人心依赖的老滋味，炉火旺盛。以小吃闻名的台南市到处是庙宇道宫，小吃乃围绕着这些寺宫集中，诸如祀典武庙、大天后宫、开基灵佑宫、水仙宫、普济殿、保安宫、北极殿、天坛……此外，诸如基隆奠济宫前，金山开漳圣王庙前；台北的天师宫、妈祖庙附近的延三夜市，万华龙山寺附近，规模庞大的士林夜市亦是发展自慈诚宫，景美集应庙一带；新竹城隍庙前，大甲镇澜宫附近，鹿港天后宫、龙山寺周围……

小吃几乎都是路边摊起家，即使已经拓展为颇具规模的店面，犹带着路边摊性格。我们品味一道古老的菜肴，仿佛在品味一段逝去的岁月，一段令人怀念的历史痕迹。

台南的花园夜市

农业、畜牧业、养殖业 ——————————————

其实，台湾不仅小吃闻名，大吃也相当出色，有些前瞻的经营者，勤力改善服务、用餐环境、卫生条件。支撑台湾美食的更有农业、畜牧业、养殖业、食品加工业，他们展现了老老实实的美学手段，如"自然猪""禾鸭米""天籁鸭"。

这几年台湾产制了不少杰出的蜜香红茶，诸如台东鹿野"阿荣自然农园"、花莲瑞穗"嘉茗茶园"、三峡"天芳茶行"、南投"璞隽"等，皆使用有机耕作、生物用药，以诚恳的态度和土地交往。

阿荣的农园在鹿野龙田小区，采秀明农法，这是一种严格的自然农法，追求生态平衡，主张不施肥、不施农药，仿自然耕作方式；断言肥料会污染土壤并削弱其生产力，以此法栽培的农产品，比用惯行农法生产的味道好。

连续假日的早晨，我进到书房，拆开朴拙的包装袋，见条索硕大，一叶一叶，不修边幅的样子。那茶汤太让人惊艳了，啜饮一口，像忽然置身森林原野中，宁静，辽阔，又那么亲切，温柔地抚触感官，仿佛大自然在耳畔低语，予

人珍贵感和幸福感。那茶汤是如此醇厚，深刻，喉韵悠扬，像长期吸纳了山海的灵气，叫人满心欢喜。

没想到一壶茶竟能打开窗扉，迎接好风好阳光。可见和土地搏感情，疼惜环境，耐心培养土地的活力和能量，土地乃回馈予好茶。这委实是理想的台湾农业愿景。

宜兰寒溪村"不老部落"亦采自然农耕法，不仅鸡鸭鹅放山，蔬、果、小米也都远离农药和化肥。像部落里的野育香菇，用古早的方法培育，所需时间数倍于人工催生的香菇，论外貌气质，论口感芳香，都远非药物所催生的俗菇所能望其项背。那是一眼就令人雀跃的食物，现采现烤，一辈子都难忘的多汁美味。部落所生产的小米酒自然迷人，只有优质的小米才能酿出优质的小米酒，他们以数年时间耐心培育出最佳品种，用古法酿造，百分之百小米酿制三个半月而成。

"自然猪"是台湾肉品运销合作社创立的品牌，从饲养、屠宰到销售，严格管制猪的成长状态和疫苗接种，详细记录饲料配方，等于猪有了身份认证。无抗生素残留、绝无

1– 台东鹿野的景色
2– 不老部落

磺胺剂、无荷尔蒙，保证为 210 日龄成熟猪，经农委会和动物科技研究所双重认证，确保每头猪只安全健康。自然猪的出现，意味着优质的肉品和合理的消费机制，"自然猪"定位自己，也定位别的猪肉。

吴郭鱼是台湾最多的养殖鱼，量多价贱，因为有顽固的泥土味，一直上不了大餐馆台面。怎么办？北台湾的鱼市场，随处可见活蹦乱跳的吴郭鱼，拒食不免辜负了养殖业的贡献，吃了又满嘴泥巴。李旭倡深谙"近墨者黑"的古训，先改善鱼生长的环境质量：以水泥建筑鱼塭，水泥地上铺石头，不使惹烂泥。接下来改善水质：引山上水源注入鱼塭，并从另一端排出，使鱼塭恒保活水流动的状态。最后是改善鱼的伙食：舍弃一般饲料，改采豆饼喂养；当鱼长大，换到室内的小水池，改用碎米煮饭喂养。他养出来的吴郭鱼迥异于市面上习见的黑色，而是体色偏白着红纹，体格健壮，外表清新美丽，诱人亲近。英雄不怕出身低，

这样的鱼简直像一则励志故事，无论如何烹调都很动人。

台湾"黑龙""瑞春"是我欣赏的酱油公司，老老实实以黑豆酿造，日曝 120 天以上，制程达四至六个月。我曾去民雄采访"黑龙荫油"工厂，了解洗豆、浸豆、蒸煮、制曲、翻曲、洗曲、闷曲、下缸、日曝、压榨、过滤、调煮等繁复的制程，真是一段漫长的路程啊。好汉不怕事来磨，我需要这样的励志故事。

近几年爆发的黑心食品，令台湾这块美食招牌快速褪色。然则危机即转机，精致饮食文化是台湾餐饮业的出路，俗谚"打断手骨颠倒勇"。打掉重练是可行的。我梦想将台湾改变成全球最迷人、最具规模的有机农场，所有农业、畜牧业、养殖业皆有机操作，摆脱食物链的工业逻辑，恢复到生物学逻辑。

街头小食

说到选肉，台湾的猪肉随便买都好香，这相当关键。我跑过天南地北诸多国家，不得不说中国台湾的养猪业真心优秀，一贯良心品质。卤肉饭一般都要选用上好的带皮猪五花，再以八角等香料、米酒、红葱头为基本调料，搭配店家的秘方辅料。煮制的方式也是各有差异，五花肉有的是先蒸再卤，也有先煮再卤，还有先炒再卤，但不变的是焖制和撇油的技巧，这是控制整锅卤肉肥而不腻的关键步骤。

蛋蛋 in 北京

本名董孟浩，台湾人。他出生于台湾名厨世家，通过对美食的品鉴和对食材料理的认知，分享自己的烹饪心得与美味感受，经常受邀为美食杂志撰稿，著有《拾味台北》等作品。

宝岛的美食名片——卤肉饭

(1) ——————————————————————————————— **卤 肉 饭**

卤肉饭可以说是台湾的第一张美食名片，它既是小吃也是主食，制作方式虽然看似并不困难，却鲜少有人在家制作，因为越是简单的东西，反而越难做好。在众多台湾家乡菜里，卤肉饭不太容易有"妈妈的味道"，更多的是"巷口那家店的老味道"。居住在各地的台湾人，上至企业家，下到贩夫，都对卤肉饭都有一种莫名的偏爱，对自己心仪的卤肉饭店家忠诚至极。

在过去，勤俭成性的台湾人没办法经常有肉吃，就算在重要日子吃上猪肉，也会改刀切小块，加酱油卤成一锅红烧肉，连同酱汁一起拌饭吃，这是卤肉饭最早的原型。而演变至今，卤肉饭

池上的稻田

稻田里劳作的农民

在台湾商家的良性竞争下，经过岁月和口味的洗练，有了南北差异和各家老字号的不同风味。

在台湾有店家写"鲁肉饭"，也有店家写"卤肉饭"，在这里"鲁"和山东一点关系都没有，应该是音译和笔误下产生的"将错就错"。从味道和视觉呈现上来说，即使在台湾这样的小地方，每个店家依然有不同的秘方和技巧，北部和南部的卤肉饭也具有不同的形态。

有着"稻米之乡"美誉的台湾，对米的要求非常高，合适的米饭，必须是颗粒分明又饱满，口感有点黏又不太黏，熟透又有弹性，这样的米饭口感软糯又不会粘牙，吸收卤肉汁后还能保持颗粒分明的口感。因此，台湾有些店家喜欢有一定比例的"陈米"来和新米混合，中南部甚至有些店家为了追求米饭口感的丰富，会加入糯米一起蒸煮。

说到选肉，台湾的猪肉随便买都好香，这相当关键。我跑过天南地北诸多国家，不得不说中国台湾的养猪业真心优秀，一贯良心品质。卤肉饭一般都要选用上好的带皮猪五花，再以八角等香料、米酒、红葱头为基本调料，搭配店家的秘方辅料。煮制的方式也是各有差异，五花肉有的是先蒸再卤，也有先煮再卤，还有先炒再卤，但不变的是焖制和撇油的技巧，这是控制整锅卤肉肥而不腻的关键步骤。

在切肉的工序上，有人切丁，有人切条，而台湾南部的卤肉饭甚至是切大块猪肉，可以说没有统一的切肉标准。但如果只使用绞好的猪肉末（肉馅），那肯定不能称为正宗的台湾卤肉饭，而只能叫作"肉燥饭"，就像老北京炸酱里的猪肉，必须要用刀切成肉丁一样。在肥瘦肉的比例上，各家有各自的喜好，但肥瘦比都在3:7以上，或者依据口味适当增加肥肉的比例。

台湾古早味中的"后起之秀"——红烧牛肉面

② —————————————————————————————————— **牛 肉 面**

牛肉面在传统意义上是台湾面食界里的"外来物种",一九四九年由外省退伍老兵把中国北方手工面、手擀面带入台湾,台湾人才有机会接触劲道手工面。但是,早期以务农为主的台湾,牛是农民的伙伴,大多数人无法接受吃牛肉,所以"牛肉面"在初期推广时十分困难,几乎只有眷村老兵这些外省人捧场食用。最早被大部分台湾人接受的,其实是没有牛肉的"牛肉汤面"。

为了谋生,外省退伍老兵拿出在部队厨房习得的各路本领,支摊卖起手艺,再加上自己家乡的味觉记忆,同时迁就台湾人的口味,形成了天南地北融合的菜品,台湾牛肉面就是这种融合下的经典。牛肉面制作过程技术含量很高,炖制火候十分讲究,火大炖过头容易老,太热切了会散,不泡在汤汁里容易风干。汤头则最少要三锅起算,借鉴罗宋汤方式以大量蔬菜吊牛骨高汤打底。台湾人既爱用辛香料,又不喜过于浓郁;既不愿用单一孜然味去膻,也不爱川式如此麻辣、红烧如此平常,渐进改良至今,融合各式手法,以各种中药材、花

椒、辣椒、豆瓣酱、葱、姜、蒜、糖等为底料炒香，再炒制牛肉做成红烧牛肉的炖肉汤，还要再另备一锅红烧牛肉汤，每种汤底都要分开，在出品前再进行勾兑，以求口感和汤头的无杂质。我猜最早吃牛肉的台湾人应该是台南人，因为台湾几个大型牛肉养殖场都在台南附近，使得台南的牛肉汤质量和制作水平全台知名。随着民风逐渐开放，越来越多的台湾人逐渐尝试吃牛肉，加上老兵开的牛肉面店，从面条的劲道到牛肉汤底和炖牛肉的讲究，好滋味很快掳获了台湾人的胃，使得牛肉面渐渐在全台流行开来。

如同其他台湾小吃一样，牛肉面也开始分出派别，除了口味上分为清汤、红烧、川味之外，按照用材用料的不同，也开始分化为"台式牛肉面"和"外省牛肉面"。

台式牛肉面喜欢用机器切面，尤其是宽面，牛肉的部位上则选用台湾人喜欢的后腿牛腱肉；外省牛肉面则喜欢用刀削面或手擀面，牛肉选用肥瘦均匀又连带筋皮的牛腩肉。无论哪种口味或派别，每个店家汤头的甜鲜滋味和牛肉入口时那种鲜嫩软烂的口感，都有各自独到之处，满满的大块牛肉，更是让人觉得货真价实。

吃台湾牛肉面时，还有一个约定俗成的习惯，就是往面碗里"加酸菜"，这种习惯已经深入所有台湾百姓的心，"牛肉面加酸菜一起吃才叫吃牛肉面"，这种由店家免费提供的酸菜，大多是南方那种用芥菜做的酸菜，也有台湾中南部的店家使用榨菜，无论哪种，都能充分起到提鲜增味的效果。

小小一份蚵仔煎的身世真是耐人寻味，最终沉淀下来的，才是我们现在看到的台湾蚵仔煎

③ ———————————————————————————— **蚵仔煎**

关于"蚵仔煎"的由来有两种说法，有人说是当年郑成功军队的粮食供给被荷兰人断了，于是用所剩的地瓜粉和蛋制成蚵仔煎的原形；另一种说法是福建的蚵煎改良。但据台北一家八十年老字号的老板说，最早的蚵仔煎是不加蛋的，只用粉水煎蚵仔，蛋作为配菜待选；而鹿港的老店厨师则表示最早的做法是使用鸭蛋做的蚵煎，后来才改用鸡蛋，并加入了地瓜粉和土豆粉之类的淀粉混合物。小小一份蚵仔煎的身世真是耐人寻味，最终沉淀下来的，才是我们现在看到的台湾蚵仔煎。即便如此，台湾北中南部对蚵仔煎的制作要求也不尽相同，为了得到更丰富的口感，各个店家都会秘制自己的独门甜辣口味的酱汁，口味千差万别，就是这种精益求精的小用心和对完美口味的不懈追求，使得蚵仔煎成为台湾人最爱吃的小吃之一。

台湾四面环海，蚵仔按产区分为"石蚵"和"沙蚵"两大类。石蚵产于台南、嘉义、布袋一带，由于水域温度较高，所以生长快速且肥硕，口感鲜甜饱满，受到很多人的追捧；

蚵仔煎的制作流程

而"沙蚵"生长于中部彰化、王功一带，属野生放养，由于海水温度略低，蚵仔生长期长，颗粒较小，但肉质实且不腥，甜度更高，所以也有一派老饕认为吃沙蚵的人才是真正的行家。

因为取材方便，台湾的蚵仔煎店家只选用当天的新鲜蚵仔，讲究的老店更会标榜选用特定产地的蚵仔，老台南人更是讲究，认为当日现采现剥，没泡过水的蚵仔才能煎出它的鲜甜，所以台南人又称蚵仔为"海底牛奶"。

蚵仔煎的粉水通常至少使用两种以上的淀粉，无论追求成品的弹性或顺滑、紧实或松软，功夫都在调粉水的比例上，有的店家还会在粉水里放入一些韭菜碎，以增加香气。煎制时蚵仔、粉水、鸡蛋、蔬菜这四者的投放顺序有固定要

求，一般店家都会选用时令蔬菜，只有老店坚持用绿豆芽，因为其口感甜脆且含水量大，可激增口感。而起锅后淋上的酱汁，北部人喜欢以甜辣酱调配的红酱汁，中南部则更爱橘色的甜酱，台南还有梅子味的酸甜酱。此外，也不乏淋肉汁的，洒花生粉增香的等等，风味各有千秋，但不管哪种风味，在当地都拥有无数铁杆粉丝。

一盘蚵仔煎端到面前，我习惯夹起一块蚵仔，连带着粉煎与青菜，蘸上酱汁一口咬下去，让这新鲜的蚵仔、滑嫩的粉煎、脆甜的青菜、甜辣的酱汁四个元素在咀嚼中互相交融，多层次的味道在口中并发，软、嫩、弹、脆、滑、鲜……美味无比！如果有人没吃过地道的蚵仔煎，可能会以为台湾的蚵仔煎像张勾了芡的蚝仔鸡蛋饼，那么，欢迎来到台湾，颠覆你对蚵仔煎的想象！

正在晒制的面线

④ ——————————————————————————————— 面 线

蚵仔面线在台湾小吃里非常知名，但不是所有外地人都吃得惯，我的老外朋友就开玩笑说："你们台湾人爱吃的，都是一些黏糊糊的东西。"蚵仔面线的名气大到似乎足以代表整个台湾的面线界，但我想告诉大家，台湾除了蚵仔面线，其实还有许多其他种类的美味面线。这种看似常见的小吃，是几代台湾人心中的至爱，独特的秘方滋味几十年经久不衰。

面线最早由福建福州传入，所以又称"福州面线"，当时有很多福州师傅选择台湾的一些山谷地形进行面线的晒制，好比像台北木栅这种有高山有小溪的地带，风力、湿度和日照都适合晒面线。以手工制作面线，整个流程下来差不多要六小时，完成切割、搓面、捆面、拉面、风干、甩面六个步骤，最终把 10 厘米的面拉成不到 0.1 厘米的细拉面。复杂的制作过程要求精湛的技艺，只有老师傅才掌握得好。在过去，手工制作面线是看天吃饭的行业，"细细面粉纤纤情，朴实师傅寸寸心"，一碗价格便宜的台湾小吃背后，包含着师傅所付出的辛勤汗水。如今，这种体力活在台湾几乎找不到了，转而改成室内烘干的制作方式。台湾面线分为红白两种，白面线就是一般比较常见的细面，在台湾吃白面线有"去霉气晦气"的说法，以猪脚面线为代表。而红面线则以知名小吃"蚵仔面线"为代表，此外还有"大肠面线"和"面线糊"等美食。吃面线的时候（尤其是红面线）千万不要向店家要筷子，

蚵仔面线　　　　　　猪脚面线　　　　　　　　　　　　　　　大肠面线店的幌子

因为熟烂的蚵仔面线不容易夹起，所以用汤匙吃更方便。"煮到不能再烂"几乎就是红面线的标志，面线糊、蚵仔面线、大肠面线都是如此。由于这种面线的汤头淀粉含量很高，所以一般也会选用嫩滑口感的食材搭配，诸如猪大肠和蚵仔之类。

台湾店家喜欢盛好面线后，再往里加上一勺蒜泥、香菜和黑醋，而我通常会要多加点醋和辣椒才会觉得够味。温热的汤头激发出黑醋迷人的香气，再混合蒜泥和香菜的特别味道，增香解腻，让人胃口大开。"去霉气"的猪脚面线是白面线的代表，而爱吃鸭肉的台南人，则把鸭肉和滋补的中药融入到白面线里，成为面线家族里的一道名菜——"当归鸭面线"。靠海的城市，更是会把新鲜的蚵仔和鱼肉加入面线中，其食材的鲜美风味，是非临海城市无法企及的。在彰化和云林等地，也有老店会把白面线煮到像红

面线那样软烂，差不多直接就能喝掉的程度。"金门面线"则是由于日晒和风力条件充沛，其强韧性更高，所以一般金门面线都不煮烂，以表现面线本身的优质。

我个人比较青睐红面线，至今，我仍清晰记得儿时在新竹吃到的面线糊无比美味，甚至那家店的装修和布局还历历在目，可惜现在已经不知所踪。传统的面线糊做法，不是使用淀粉勾芡，而是将红面线煮至软烂后，使得面里的淀粉自然进入到汤中，形成黏稠感，汤头则是以鸡骨、海米和柴鱼熬煮。品尝面线糊时，我最喜欢吃的就是里面的肉条，它是将调味后的碎肉用干淀粉抓匀后炸制而成，放到面线里一起熬煮，油炸特有的香味融合到汤中，回味无穷。

外皮 Q 弹，内涵丰富的肉圆

⑤ ——————————————————————————————— 肉圆

去台湾旅游的朋友一定见过一种看起来像包子的食物，外皮好似水晶虾饺那样有弹性，里面包着大块的肉馅和菜，再配上店家独特的淋酱，非常好吃。这就是台湾人非常钟爱的小吃——肉圆。

台湾肉圆的起源，一说是当年在彰化一个叫北斗的地方发生了大水灾，水灾过后由于物资匮乏，居民只好将自制的红薯粉煮熟后蘸糖吃，所以它是从素食演变而来，最早应该并非叫"肉"圆。不少台湾小吃都会使用到地瓜粉，可见台湾人擅长使用"地瓜粉""土豆粉"或"米磨成的粉"等材料来充当食物的主料或辅料。

因为"彰化肉圆"名气大噪，在台湾各地，凡是贩卖肉圆的店铺或小摊，十有八九打着"彰化肉圆"的牌号，更有确切的说法，会宣称自家制作的是"最正宗的彰化北斗肉圆"。事实上，演变至今，当然不只是彰化才出产肉圆，像我最爱的是新竹的红糟肉圆。除了扬名

制作彰化肉圆的情景

在外的彰化香菇肉圆外，台南火烧虾肉圆、台南佳里肉圆、屏东卤汁肉圆，以及特别又少见的苗栗水晶肉圆和客家的五香豆干肉圆等等都是值得品尝的好滋味，到台湾旅游的食客，一时半会儿还真不容易吃遍呢。

从制作材料上来看，不少店家会使用台南善化的优质地瓜粉，以及浊水溪的一级好米。除此之外，各家都有自己的独门秘籍，比如有的喜欢加入太白粉或粳米粉，以增加外皮筋道的口感；沾淋的酱汁和内馅的滋味方面，各家更有秘而不宣的法宝。所以，看似每一家都卖着同样的肉圆，但各自的滋味千差万别，吸引来的食客也各有所好。所以说，台湾虽小，也同样是"一方水土养一方人"。

台湾肉圆煮制的方式以彰化为分水岭，彰化以北的肉圆经油炸而成，讲的是油炸的功力。新竹喜欢低温油炸，差不多算是泡在油里，虽然长时间在恒温的油里炸制，入口却感觉不到油腻，别有风味；而台中的肉圆喜欢用大火炸，强调表皮要劲道才是好吃。彰化以南则不喜欢用油炸，而是用蒸或卤的方式来制作肉圆，比如像台南那种蒸制的汤肉圆，在古早以前还是当地人很流行的早餐吃法哟！从现代的营养理论来看，蒸和卤更为健康，但土生土长在北部的我还是更爱油炸肉圆的口感。

肉圆在上桌前淋上去的各种酱料，那叫一个千变万化，视觉上有红、黄、白、黑、粉红等各种颜色，配料则包括黑糖、腐乳、红曲、味噌、花生、芝麻等，不胜枚举，但大多数都会放蒜、香菜、葱以及辣酱提味。

正宗的南派碗粿

⑥ ──────────────────────────────────　碗　粿

碗粿的台语发音近似"哇贵"，但是实际价格很便宜哦！虽然同样是从粤、闽、潮汕等地传入的百年小吃，但几经沉淀，成了独具台湾特色的小吃，尤其以台湾嘉义、台南和高雄三地为此小吃的重镇，因为那里的百姓日常生活中就习惯食用它。老人家会喜欢给小孩子吃碗粿，不只是因为它容易食用好消化，更是因为相比其他面食类，食用后不容易引起腹胀。

从口味上，台湾碗粿分为甜和咸两种，甜味的碗粿中，最传统的是黑糖、红豆口味，在台湾南北部都可以见到。现在，又新发展出了很多其他滋味，但没有那么常见；而咸口味的碗粿，大致上离不开小香葱、虾米、猪肉、香菇、咸蛋黄等配料，客家地区还会放入萝卜干碎和豆干丁。碗粿较之其他台湾小吃，有一个独特之处，就是会使用特定餐具盛装。看起来像碗一样的器皿，和普通家用的碗可不一样哟，它是特别为制作碗粿而生产，在容量上和材质的吸水性上都有讲究。

制作碗粿用的米浆

和多数台湾小吃一样，咸口的碗粿以嘉义为界，分南派和北派。南派是在米浆里混入肉臊、香菇、虾米和咸蛋黄等食材一起蒸制，吃的时候再淋上店家调配的酱汁一起挖着吃。北部的碗粿则像蒸鸡蛋羹那样只蒸白米浆，然后把炒好的食材放在碗粿上，再淋酱汁，还有少数店家会在成品中加入咸蛋黄或客家人喜欢的萝卜干。在食材上，南北的差别并不大，酱汁各家略有千秋。碗粿一般都是常温下食用，适合堂食也方便外带，店家都是当天做当天卖，卖完为止。

一般人想象不到的是，碗粿最为讲究的部分，其实是没啥滋味的"米浆"。每个做碗粿的店家，都把最大的心力放在"选米"上，使用不同的米，加水的比例也会不同。一般来说，店家会亲自选米，而很难相信供货商送来的米，因为哪怕是同产地的米，新米和旧米的吸水力都会不同，做出来的碗粿就会有很大的差异，甚至可能导致蒸完后碗里还含着水这样的失败案例，直接影响入口的软嫩度和紧实感。

碗粿的蒸制过程大多由老师傅完成，火候直接影响成型。试想一下，米经过磨制成粉再用水调成米浆，如果不蒸熟成型，那一定会沉淀在碗底，直接影响口味。但火候又不能过大，否则会导致中间不熟。所以，大火猛蒸多久？何

时再改小火蒸多久？ 如何让每位客人品尝到的碗粿保持稳定不变的品质？ 这些答案就可以窥见那些五六十年以上老店家的功力了。一般的台湾当地人认为，好的碗粿在外观上看起来，中心会有点凹陷的才是正宗和好吃，"凹陷"并非制作上的失误，唯有凹陷的碗粿，才会外表紧实，入口软嫩，让人忍不住大快朵颐。

蒸制的火候直接影响碗粿的成型

风

物

Taste and ingredients

台菜滋味

Text & Photo | 韩良忆

Taiwan
Cuisine

韩良忆

生活美食家，曾旅居欧洲十三年，现定居台北。自称「馋人」，对美食有信仰，乐于动手烹饪，爱旅行，爱散步，生活中不能没有书本、电影和音乐。著有《餐桌上的四季》《在欧洲，逛市集》《韩良忆的音乐厨房》《四季家之味》等作品。

1– 割包
2– 祭典中的咸光饼有赐福保平安的寓意

大陆和香港的朋友来台湾旅游，如果是"跟团游"，免不了得看看阿里山、日月潭、太鲁阁和台北101，倘若是三两好友或家人结伴"自由行"，除了游山玩水，可能还会去台南住老屋民宿，到台北大稻埕逛老街，再不就钻进永康街巷弄里的文青咖啡馆和个性小店，沾染些许"文艺"气息。是跟团游也好，还是自由行也罢，来自四面八方的游客喜好和兴趣容或不同，有个旅游项目却极可能是大伙都不愿错过的——吃台菜。话说，好不容易到台湾一趟，不吃上一顿听过却没吃过的地道台湾菜、不多尝点台湾小吃就打道回府，那不是白来这一趟？

诚然，初来乍到的游客通过舌尖上的滋味，不但能够满足好奇心和口腹之欲，更可以借此切身体会台湾的饮食文化乃至风土民情。然而，相对于川菜、苏菜、粤菜或鲁菜等菜系，大陆和香港的朋友对台菜多半感到陌生，台菜究竟该是什么风味，又有啥好吃？要是台菜真的好，那为什么中国四大或八大菜系中，都没有台菜？

台菜未列入几大之林，不表示台菜毫无特色，不堪一吃。说到底，台菜之所以一"大"也不是，有其历史缘由。在四大和八大菜系之说成形的清代和民国初期，相较于幅员辽阔的大陆，位居汉文化边陲地带的台湾，被视为弹丸之地、蕞尔小岛，1895 年更被清廷依《马关条约》割让给日本，此后台湾足足有五十年实质是日本殖民地，当然挤不进中国美食的排行榜。更何况，现今所谓的台菜，当时犹未展现自己的特色，可以大胆地说，"台菜"的风格彼时尚未成熟。

祖籍江苏的已故台湾历史学者逯耀东教授说过："社会与文化的转变，往往先反映在饮食方面，最先是对不同口味认同和接纳，然后经过一段混同的转变阶段，最后融成一种新的口味。"台菜，正是一种"混同"后融合而成的新口味，而此一口味与台湾的风土和历史，绝对脱离不了关系。

是以，请容我再多讲一点台湾的历史，把年代再往前推，来到公元十七世纪上半叶。那时，台湾西部大部分的地区被荷兰人殖民统治，居住在岛上的绝大多数是原住民部落，从大陆渡海来台的汉人少之又少。荷兰人占领台湾三十多年后，被明朝遗将郑成功击败，南台湾进入明郑时代，从

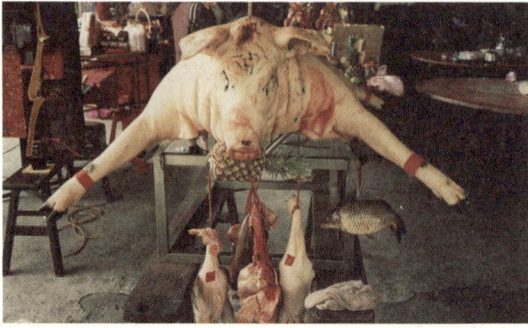

这时起直至清廷治台时期，汉人才大量移入台湾，他们多半来自闽江以南的闽南地区，还有一部分移民是广东潮汕一带的客家人。

荷兰人将籼米、豌豆、包心菜、甘蔗、西红柿、青辣椒等农产引入台湾，对台湾的食物发展有一定的贡献；闽南和客家移民对台湾的"味道"，却有更巨大的影响，尤其是人数最众的闽南人。

举例来说，台湾南部人清明节必食的"润饼"（北台湾则多半在冬天的尾牙吃），传自福建的漳州、泉州和厦门；著名的小吃"蚵仔煎"，脱胎自潮汕的"蚝烙"。另外，台湾人至今在若干民间信仰的祭典中仍会分送"咸光饼"给信众，有赐福保平安的寓意，而咸光饼正来自福州。

早期横渡海峡"过台湾"的唐山移民，多是农民或渔民，还有些是苦力。除了少数经商致富者外，老百姓干的多半是劳动活，一般人平日但求能吃饱，等到逢年过节，因为祭祖拜神需备牲礼，这才有名目打打牙祭。可即便是大鱼大肉，做法也不华丽、不花哨，崇尚"原汁原味"，讲求滋味清、鲜。于是，鱼多半整条干煎，或煎了以后加豆油（酱油）煮；猪肉或鸡鸭，往往水煮后切块，蘸豆油等调料吃。如此家常的煎鱼、白切鸡和水煮五花肉，迄今仍见于普通人家的餐桌，是台湾人百吃不厌的"古早味"。（鱼和肉多半干煎或水煮，另一原因是得先当牲礼拜神，简单加以烹熟便于较长时间供奉于神桌之上，接着才撤下再加热或加工，祭自己的五脏庙。）

"汤汤水水"也是古早台菜的另一特色，台湾人直到现在都爱吃各种羹汤，好比肉羹、鱿鱼羹、西卤肉（即什锦羹

1– 盛行于台湾的西卤肉
2– 没落又复兴的"酒家菜"

加油炸蛋液做成的"蛋酥")。羹汤之所以盛行于台湾，据说主要是因为清朝不准汉人男性携家带眷移居台湾，这些来到台湾的单身汉平日忙于开垦干活，日常餐食多半煮一锅既是汤又是菜的羹，佐以淀粉主食下肚，汉人和岛上部落女子通婚后，又将羹汤的做法传授给妻子，这种营养又方便的菜肴，就这样一代传一代。

到了日本殖民统治时代，随着日人在台大量种植甘蔗，台湾人的口味变甜了，开始在菜里加糖，尤其是台南人，因为邻近有多处糖厂，特别嗜甜，连吃润饼都要放白糖。我的外婆正出生于台南，还记得她生前若在外头吃到没掺糖的润饼，都会眉头紧蹙，撇撇嘴，不屑地说："不甘不咸，歹吃（难吃）。"

日本人还给台菜带来另一重要影响，那就是，"酒家菜"的兴起。

一如日本习俗，当时日本殖民政府的政要官商交际应酬，往往有艺旦陪酒的"酒家"，大伙在杯觥交错间，交换利益，谈定生意。当时的酒家集中在台北最热闹也最富庶的大稻埕，

酒家菜被日人称为"支那料理"或"台湾料理"，口味以闽菜和福州菜为主，用的是鱼翅燕窝之类的高档食材，做法则趋向繁复，讲求做工细腻。

日本人战败离开台湾后，酒家菜没落了一阵子，直到20世纪60年代又复兴。那时的酒家仍开在大稻埕一带，进出酒家的则换成"国府"的官员与富商，而酒家菜也进入了第二代。第二代的酒家菜除了延续第一代的闽菜风味外，还多了不少原创菜色。有台湾耆老回忆说，当时各酒家为竞争生意，拉拢客源，无不想方设法研发新菜，每位大厨至少得具备研发一两百道新菜的能力，否则难以在业界立足。比如当时有道"鸡仔猪肚鳖"，需将甲鱼先放进布袋鸡腹内，再一起塞进猪肚中蒸煮，噱头十足，非常费工；另外还有道"金钱虾饼"，则是将虾仁、猪绞肉和荸荠夹进肥猪肉再油炸，如今在高档的台菜酒席中还吃得到。

台菜自第二代的酒家菜，衍生出另一流派"清粥小菜"。当时官商应酬多半分为两三回合，第一回合先到一般餐厅，跟着上酒家，最后一回合则至北投的温泉旅馆泡汤。酒客们到了旅馆，不光是泡温泉而已，且在泡好汤，进入温柔乡前，

还要来点消夜醒酒，然这时不论东道主或宾客，其实都吃不下大菜了，原本只是家常早餐的清粥小菜，就这样上了台面。

约莫 1964 年时，原本在北投温泉旅馆当服务员的沈云英女士，联合她的结拜姐妹，在日本商社汇集的台北市中山北路"六条通"创办"青叶餐厅"，专卖清粥小菜，不但台湾人爱吃，也大受日商喜爱，"青叶"和后来崛起的"欣叶餐厅"生意兴隆，让清粥小菜从台菜的支流茁壮而成主流之一，迄今不衰。

讲完清粥小菜，且让我回过头来再谈谈酒家菜。20 世纪 60 至 70 年代，除了大稻埕的第二代酒家菜，北投的温泉旅馆也发展出具有地区风格的"北投酒家菜"。北投在 1979 年禁娼之前是合法的风化区，情色产业发达，莺莺燕燕穿梭于各旅馆间，陪酒也陪宿，从而吸引日本男性观光客和驻在亚洲的美军争相来到北投。相较于大稻埕的酒家菜，北投的温泉旅馆针对日本寻芳客设计了会席料理，除了传统的酒家菜外，还将日本料理中的生鱼片，乃至川菜、粤菜、浙菜都端上桌，形成混搭的风格。

而"混搭"也是现今台菜的特色。

1949 年后，两百万大陆军民来到台湾，给台湾的饮食带来另一波重大影响。这一批新近移入者，来自大江南北，各有各的口味，鲁、川、粤、闽、苏、浙、湘、皖等八大菜汇集台湾，和台湾本土的食材与滋味碰撞，形成灿烂的火花。这些林林总总的外省味，不仅攻进餐馆，上了宴席，也渗透进入日常餐桌，更慢慢染上台式风味，在不断有机发展的混同过程中，逐渐形成现今的"台味"。

比方说，古早的台菜并不特别注重快炒，烹法简单，以水煮、干煎和清蒸为主，外省菜馆则有较多的快炒菜色。这些外省热炒菜吃在本省人嘴里，一来新鲜，二来还真的美味，于是本省闽南和客家族群也学着做起快炒菜，台菜近二十年来更揭起"热炒风"，街头林立着标榜"台菜热炒"的小馆，烹调方式比古早的台菜更重油重酱，味道浓郁，追究其根源，个中或有苏菜和浙菜的影子。

还有一个好例子是，眼下已成台湾小吃美食代表之一的

"川味红烧牛肉面"。其起源众说纷纭，以逯耀东教授的说法最被认可。逯教授主张，红烧牛肉面源于高雄冈山，可能是某位或某几位老兵，因思念四川老家的地方风味，就近以台湾冈山生产的辣豆瓣酱炖煮牛肉汤，淋在白面条上，称之为川味牛肉面，从此台湾就多了一道名为"四川味"，其实是"台湾制造"的面食。同样号称源自四川，实为台湾菜的菜式，还有"苍蝇头"（豆豉韭菜花炒肉末）和"五更肠旺"（红油高汤烩煮鸭血猪肠），这两道"川味台菜"在台湾的四川菜馆乃至台菜热炒店都吃得到，四川人却恐怕听都没听过。

台菜餐厅和热炒店另一道必备菜色"三杯鸡"，在一定程度上，也是"混搭菜"。它源自江西，原本做法是用米酒、酱油和猪油各一杯，慢慢将鸡炖熟；经台湾人一改造，动物性的猪油变成较不腻的胡麻油，且鸡肉熟以后，最后尚需加一大把"九层塔"（罗勒，又称金不换）增添香气。这道三杯鸡基本已非江西风味，而是地道"台菜"，同样做法除了炖鸡，还可用来烹调田鸡、乌贼、豆腐、杏鲍菇或米血糕。

读到这里，您对台菜的历史想来已有初步的理解，接着该讲讲地理环境对台菜的影响了。

台湾既然是四面环海的岛屿，台湾人理所当然爱吃海鲜，台湾名菜中，海鲜菜肴占了至少一半的比例。台湾北部是亚热带，南部为热带，炎热的天气易使人胃口不佳，台湾人因此特别喜爱酸甜开胃的菜肴。就拿虾蟹贝和乌贼等海鲜来说，往往简单地白灼，蘸用姜葱蒜、酱油、带甜味的台式乌醋和西红柿酱调和而成酸甜"五味酱"食用。同样的，也因为天气酷热，台湾人很能够接受不怎么重镬气的日式冷菜，淋了"美乃滋"（蛋黄酱）的龙虾色拉和五味小鲍鱼等海鲜冷盘，就成为台式宴席的常备菜色。

好了，这会儿您对构成台菜风格的地理因素，应也有了基本的认识，且让我进一步依个人的看法和口味，介绍一下现代的台菜有哪些值得一尝的特色菜肴和小吃。

首先来看游客趋之若鹜的台湾小吃，除了著名的蚵仔煎、蚵仔面线、牛肉面、卤肉饭、台南担仔面和盐酥鸡外，

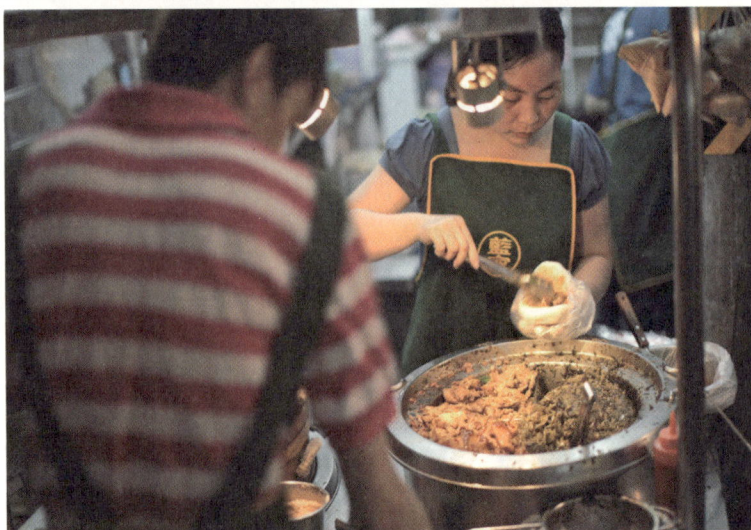

1– 嘉义布袋镇观光渔市
2– 台湾渔市一角
3– 号称"台湾汉堡"的刈包
4– 阿霞饭店

我还要特别推荐又名"台湾汉堡"的刈包，也就是带甜味的发酵白面饼夹红烧五花肉、酸菜和花生粉，敢吃生姜的，加几株，"台味"。

此外，我尚未搬回故乡、仍侨居荷兰时，每次回台必吃的小吃，尚有地瓜粉团包肉馅油炸的"肉圆"、台湾特有的"爱玉冰"、大锅米粉汤佐各式白煮猪内脏（台名"黑白切"，意指各种内脏和猪肉随意切切，加点姜丝，拼成一盘）、油炸臭豆腐佐酸甜的台式泡菜，全都是在外地很难吃到的台味。

和亲友小酌聚餐吃台菜，我常点的菜色有凉笋（水煮绿竹笋蘸蛋黄酱或酱油）、咸中带甘的白切粉肝（猪的脂肪肝）、炭烤乌鱼子、白切鸡、烤或煎台式香肠、菜脯蛋（萝卜干煎蛋）、卤肉（台式红烧五花肉）、瓜仔肉（蒸肉末加酱瓜碎）、煎猪肝、麻油煮腰花、白灼活虾、干煎鱼或加了

腌渍树子（又称破布子，一种落叶乔本的果实）清蒸的海鱼、五味乌贼或墨鱼（台湾人称之为"花枝"）、各种"三杯"菜肴、九层塔炒海瓜子（一种蚌壳）和油炸蚵仔酥或荫豉蚵仔（黑豆豉烩海蛎）、卤白菜（高汤烩煮白菜、鱼皮、香菇）、清烫地瓜叶淋蒜蓉酱油等。

如果聚餐人数够多，可凑成一大桌，我还会点上一两道北投酒家菜的代表菜色，好比鱿鱼螺肉蒜（用干鱿鱼加罐头螺肉、排骨、青蒜和高汤烩煮而成的火锅）、红蟳米糕（加酱油、香菇、葱头等佐料调制的糯米饭，饭上铺一两只蒸蟹），偶尔甚至豪气地来一大盅内容特别丰富的"佛跳墙"。

至于餐馆，我在台北市常去长安东路的"茂园餐厅"、东丰街的"田园海鲜"，还有"欣叶""鸡家庄"和"青叶"等名店。台湾南部则比较喜欢台南的"阿霞饭店""阿美饭店"和高雄的"蟳之屋"。

一方风土的

美浓盛宴

Text & Photo | 洪震宇

*The Feast
of local*

洪震宇

台湾清华大学社会人类学研究所硕士、政大社会系毕业。

中年之后职业混乱、专业难以定义，是少数跨越财经、时尚与本地生活的创作者。

曾任《天下杂志》副总编辑、创意总监，规划三一九乡专辑，也当过《GQ》国际中文版副总编辑。

除了是文字工作者、广播主持人与电视节目制作人，也经常担任政府各项目评审与咨询委员，并担任企业、小区组织的顾问工作，协助策略定位、品牌营销与创新能力，创造商业与社会价值共好的发展模式。

目前推动本地小旅行，并在企业、政府部门、EMBA与小区组织讲授故事能力，也在诚品讲堂开课，期许透过人类学田野调查的视野，成为具有文化诠释与创意行动的实践者。

著作

《风土餐桌小旅行》（获得2014年时报"开卷"美好生活书奖、2014年博客来年度选书、39届金鼎奖优良作品推荐、入选2015年台北国际书展大奖）

《旅人的食材历》

《乐活国民历》

《信息梦工场》（2005年财经管理传记类金书奖）

美浓一夜雨。

清晨，我走出民宿房间，庭院小湖已有大白鹅悠游，雨后的空气很清新，薄雾如纱，牵引远方山脉。

我到美浓市场走走，市场不大，但有特色，等于是美浓的民生缩影。这里有好几个摊子卖各种腌渍品，腌高丽菜、酸菜、腌嫩姜、酱菠萝、酱萝卜、红葱酥，瓶瓶罐罐，各种颜色，大大小小排排站，都是用太阳与时光共酿的美味。

我在很多美浓人家里的厨房，都会看到黄豆酱，这是最基本的腌渍品，除了用来炒菜调味，还能当腌渍的发酵主角，例如腌嫩姜、腌萝卜。黄豆酱的腌渍方式，黄豆先泡水，沥干后，再蒸熟，静置发酵一周之后，再洗净，最后加入盐、糖，就是最天然的黄豆酱。

市场还有一种特别的食材，就是很少在其他地方看到的芋梗。一般盛产芋头的地方，切掉芋头之后残留的茎梗，几乎都是丢弃在田里，但美浓却留着芋梗当蔬菜卖，非常奇特。

小小芋梗，是客家人雨季的乡愁。 每当过完旧历年，美浓的客家人会在田里辟一小块区域种芋头，三面环山的美浓平原，从五月到九月是雨季，占全年降雨量的九成。雨季里，蔬菜栽种不易，但是芋头母株周围会如雨后春笋般，冒出一株一株细小芋梗，当地人称"芋笋"， 当芋头还未长大就割下的芋梗，特别鲜细，口感也特别好。这种细细的芋梗，跟福菜一样，成为美浓人餐桌上的替代蔬菜。

美浓的芋梗料理以黄豆酱、白醋来调味，要斜切成一片片，用大火快炒，加水、加入黄豆酱调味，再焖煮一段时间，上桌前再淋上白醋。

芋梗的滋味，让美浓异乡游子的舌尖与心头，都带着雨季湿润的乡愁。鲁迅却对芋梗没好感。他在留日求学过程中经常吃芋梗，"每天总要喝难以下咽的芋梗汤"。也许是料理手法，或是水土不服，让这道乡土料理有天堂地狱的差别。

因为日本不是鲁迅的乡愁。鲁迅的弟弟、大文豪周作人，总是怀念故乡绍兴的腌苋菜梗，虽然只是滋味清淡的平民家常菜，却能食贫与习苦。食贫与习苦，那种滋味尝惯了，就是挥之不去的乡愁。那是舌尖上最撩人的情绪，格外敏感，尝到他方风土，回荡自家节气。我的美浓朋友们，就经常提到这种感受，美浓操持家务与农务的母亲，一年四季永不停歇地劳动，养活一家人，顺应各个季节，创造各种美味，也不会让孩子饿着。

午后，一场雷阵雨，我的朋友、住在福安里的旗美小区的大学校长张正扬（负责旗山、美浓等九个区域）带我在家附近逛逛。雨后的空气很清爽，稻田里的饱满稻穗沾满雨水，路上出现几只蜗牛。田沟边小溪水量充沛，路上的一大摊雨水，倒映着远山白云。

他指着一株垂着金黄穗、有点尖刺的野草，这是刺苋，他回想小时候母亲经常用刺苋当菜肴，一般是用刺苋的嫩叶，但张妈妈却是用刺苋粗壮的茎，要花很多时间去皮、水烫过，再用葱头或蒜头爆香、淋上酱油快炒。路上还看到龙葵，俗称黑甜仔，客语说"打鸟子"，因为龙葵的果实是小小的黑色浆果，龙葵也是美浓妇女会采用的野菜，我们摘下浆果放在嘴中，分泌淡淡的甜味，这是美浓孩子的零食，我记得在东海岸的阿美族朋友，下课后回家路上，也会摘龙葵的果实来吃。

散完步，回到正扬家，张妈妈还在厨房里忙，我走进去，她正在炒芋笋，芋梗切得细细的，还有芋头片，她加了黄豆酱快炒，起锅前，将白醋倒在锅铲上，再拌入芋梗中调味，还没多久，菜都上桌了。

张妈妈料理几道简单的家常菜。除了芋梗带点微酸的清脆口感，配上松软的芋头片，另一道豌豆虾仁，还有红萝卜

丁、香菇，颜色很丰富漂亮。另外有一道传统客家菜，清烫鱿鱼，这是将鱿鱼干浸水发泡，烫熟之后，沾姜汁酱油，筋道爽脆的口感，配上姜辛味的酱油，很有味道。客家人习惯吃山珍，如果吃海鲜，通常都是宴客的幼席才会有这道烫鱿鱼（幼席，客语。相对于传统的粗席，幼席刀工比较细腻，也会加入平常不易吃到的海鲜）。

光是一盘炒萝卜干也很吸引人，爽脆好下饭。这是美浓秋天、十月的特产白玉萝卜，个头很小，都是种在住家附近的畸零地，产量不大，都是自家人吃，美浓妈妈还会做成萝卜干、酱萝卜。我记得第一次来找张妈妈时，她请我吃自己腌的酱萝卜，脆脆的、酸酸的，微辣的味道，配稀饭可以吃好几碗，我还带了一罐回家。

正扬提到的刺苋也上桌了。刺苋叶柄有锐刺，不好采，得小心翼翼，以免细刺扎手，张妈妈再亲手撕去一根根刺苋茎的坚韧外皮，热水川烫之后，再以蒜头爆香快炒，看起来很像空心菜的梗，颜色翠绿，吃起来有嚼劲，味道微苦。

有本日治时期出版的《台湾野生食物植物图录》，当时目的是为了当台湾卷入太平洋战争后，粮食可能发生问题，提供辨识、料理野菜的方法。其中提到刺苋产于热带地区，叶子料理做法像菠菜，叶旁的穗可以用酱油与糖烹煮。我很好奇，一般人采刺苋，都是吃嫩叶，炒食或煮汤，很少人愿意花时间处理粗茎，为什么张妈妈还要花时间处理这道菜？

第一次遇到张妈妈时，除了招待我吃酱萝卜，刚好孙子放学下课，张罗吃着红豆年糕，张妈妈顺便请我吃，我开心大嚼，还问哪里买的？她瞪大眼睛，"哪还要买？除了甘

1– 张妈妈正在炒芋梗
2– 炒制好的芋梗

1– 张妈妈料理的几道家常菜
2– 张妈妈做的清烫鱿鱼
3 – 张妈妈做的炒萝卜干

蔗不是我种的，其他都是我种的。"原来张妈种米、种红豆、黑豆、黄豆、香蕉、地瓜、波罗蜜，还腌渍高丽菜干、酸菜、黑豆豉等各种产品。

吃完晚餐，张妈妈端上自己做的甜点，冬瓜茶加红豆的红豆汤、红豆糕、糯米糕，还有冷冻的波罗蜜。

她有个习惯，或是独特魔法，就是不花钱也能吃到美食。跟家人去餐厅吃饭，如果家人喜欢某道料理，她便会记住那个味道，返家途中开始说明这道料理的做法，回家后便想办法做出那道菜，因为在家里也吃得到，何必花钱买。

像张妈妈的红豆糕，我吃了两次之后，她就想再变新味道，还特别去外面餐馆尝味道，回来调整做法，让红豆味道更浓郁绵密。

微苦的刺苋、甜蜜的红豆，都是张妈妈的餐桌好味。

张妈妈的餐桌，也是美浓客家人的生活缩影，祖先从广东嘉应州梅县渡海到美浓。正扬家族则是从嘉应州的蕉岭，到屏东的里港武洛（现在里港武洛村），再渡过荖浓溪，来到美浓开垦。

张妈妈小学时，开始帮忙捡拾地瓜叶（以前称为猪菜）喂猪，十五岁就下田工作，二十岁嫁给正扬的父亲之后，由于正扬父亲在公营事业上班，农务自然就落在张妈妈肩上，父亲在正扬二十多岁刚退伍前突然过世，寡母更得扛起养家责任。忙农作，她仍像其他美浓妇女一样，不忘腌菜，家里隔壁的仓库，水桶内放满腌渍品。张妈妈曾经因为劳动过度，伤到手肘，无法做粗活，却闲不下来，还去住家

附近水圳边的畸零地，采几把刺苋，在家里静静地撕去刺苋粗茎的外皮。

只要有水有雨，刺苋这种野草，就能不择土地、环境与气候，倔强地生存下去。正扬形容母亲有一种小农精神，朴实勤俭又固执，事必躬亲又坚持己见。

她个性像刺苋，顽强韧性，十多年前开始转作有机耕作，稻米、红豆、黑豆，一切耕种方式都自己来。正扬曾想协助母亲施有机肥，光是看正扬肩挑肥料的动作，张妈妈就嫌他不懂，呵斥他不要越帮越忙，她要自己来。

收拾餐桌时，张妈妈知道我之前在附近散步，突然问我，路边有没有看到蜗牛啊？她常常在大雨过后，在路边捡蜗牛，洗净之后，用姜丝、九层塔与麻油伴炒，又是一道美味。只要在美浓遇到大雨，我就想起，哎呀，还没吃到张妈妈的麻油蜗牛，这道菜也许带着淡淡的回甘滋味呢。

美浓人吃芋梗、尝野菜，都是一种品味，细品土地的真实味，还有一种更难得尝到的老味道，得熬上一年才等得到。这个老味道，跟土地公有关。

客家人称土地公（福德正神）为伯公，不像神明，当是像亲属长辈来尊称，居民跟伯公的关系非常密切亲近。妇女们在忙完农事，常常就是先到伯公坛焚香膜拜，长辈没事就在此休息喝茶聊天，孩子们从小也被教导，只要经过伯公坛，就停留拜拜，就像对长辈晨昏定省一样单纯。

年关将近的小寒时节，　通常在农历十一月下旬到十二月二十五日之前（农历十二月二十五日美浓人称"入年挂"，

1– 张妈妈做的红豆糕

意思是进入过年的时令，准备要迎新春），美浓客庄会举办特有的拜谢伯公（闽南人称土地公）满年福祭典，答谢伯公这一年的照顾。

一年前美浓朋友告诉我，满年福仪式结束后，会准备热腾腾的消夜咸粥，以及祭拜完热炒的猪羊下水，隔天中午还有客家办桌"登席"（以家户为单位登记桌席的聚餐），吃传统的美浓办桌美食，光听到咸粥就令我向往，马上就预约一年后的这趟旅行。旅行，有时只是为了那碗在脑中熬了一年的热咸粥。

晚上八点，来到美浓福安里的开基伯公坛，参加满年福的祭典。这个伯公坛是乾隆年间先民从屏东越过茶浓溪，来美浓平原的灵山山麓开垦，为了保佑平安，就在山脚下建立的第一座伯公坛，被称为开基伯公，是美浓历史上最早的土地公信仰。

由于祭祀仪式活动蛮冗长，我四处走走，来到伯公坛后方，看到一个厨师，手叉着腰，气定神闲，单手拿大锅勺煮两大锅粥。他又走到一旁，将绞肉、酱油、辣椒、蒜头与高丽菜干放入大铁锅，用双手大力拌炒，炒完后，他试了味道，点点头，看到我在一旁，也让我来试味道，香香咸咸油油，他将这锅碎肉末倒到粥里面，原本的白粥就变成咸粥。他再由外而内一直搅拌热粥，越搅越稠，得不停搅拌五十分钟，才能让这锅咸粥又浓又香。师傅叫刘绍兴，是美浓六十年老牌饭店美丰饭店的老板，以前打过棒球，现在也在美浓担任少棒教练，他说工作忙，但是满年福、新年福的活动一定要来帮忙。

祭祀活动还没结束，但咸粥的香味已经越来越浓，我们等

到晚上十点半，已经饥肠辘辘，但咸粥得在十一点才会上桌。师傅看到我两个女儿也在等待，他盛了两碗粥让孩子先吃。女儿们兴高采烈地吹气开始吃粥，边吃边喊烫，又说好吃好香。我们几个大人睁大眼看着刘师傅，师傅索性又添了好几碗，"你们也是孩子，赶快趁热吃。"我们几个人赶紧拿了粥，躲在一旁吃，怕被其他人看到。晚上天气冷，热腾腾的咸粥，即使味道又油又重，却是我等待一年的难得滋味。满年福的平安粥，让一群人聚在一起，端着粥，围在一起偷吃，偷偷摸摸的幸福感最难忘。没多久，祭祀活动结束，员工端来两盆祭祀用的猪羊下水，师傅急

忙清洗内脏，接着将内脏烫熟，再放入腌渍的客家黄豆酱、姜丝、辣椒与蒜头，开始大火快炒。炒好后，我又来试味道，有姜丝大肠的味道，但不够酸，刘师傅又再加了醋，最后洒上九层塔，大功告成。

外头各桌的信徒也都坐满，工作人员将下水装在大碗里，咸粥装在铁桶中，开始送到各桌。每桌的人安静吃粥，配着微辣咸酸的猪羊内脏，折腾一整晚，大家都累了饿了。这碗平安粥，抚慰了疲惫，伯公应该也开心。

隔天中午，满年福的重头戏"登席"登场，地点仍在伯公坛，每桌九人，有登记缴钱，桌上就有姓名（一人三百元）。传统客家宴席分"粗席"跟"幼席"（客语发音，粗席就是一般宴席菜，幼席是比较细致、海鲜较多的宴席）。

一般来说，美浓的登席或喜酒，都在中午举行，客语叫"食昼"，吃午餐的意思。我的美浓朋友提醒，登席绝不能迟到，因为都是十二点准时开始，而且节奏很快，菜一道一道出，像在打仗，四十分钟左右，菜出完了，发塑料袋打包，登席就结束，平常政治人物来讲话，如果不了解美浓宴席的特色，只要迟到，大概就得唱空城计。

今天十一点四十分左右，人就坐满了，孩子们的歌舞表演完，喜酒十二点准时开始，鞭炮大作，一早六点就来准备的刘师傅团队的工作人员双手抓着托盘走出，上头放了四盘卤鸡。由于座位很挤，工作人员得冲锋陷阵，各桌食客很默契地出手接菜，菜出完，工作人员马上赶回去装菜，再送往其他桌，如果送得慢，长辈就会开始碎碎念，太慢了，这样怎么来得及？

前面出菜紧张，后方厨房反而很平稳，每道菜都已经准备好，堆积如山的小封、一长排的羊肉汤、酸菜、鱿鱼，刘师傅指挥若定，手也不得闲，一面舀热汤淋在羊肉上，一面提醒出菜顺序。先上卤鸡，再上大封，接着是冬瓜封与高丽菜封、羊肉汤、酸菜、鱿鱼、小封、清蒸鲜鱼，此时厨师开始炒姜丝大肠，一大盆满满的大肠，实在非常壮观。上完炒木耳之后，姜丝大肠也跟着上桌。

每桌的人都边吃边聊，但是嘴巴跟手都没停着，整个场地都闹哄哄很热闹。十二点四十分，冰品端上桌，登席已到尾声，现场的人已经走了一大半，剩下的人几乎都忙着打包。

我忙着拍照，没认真吃饭，现场气氛热闹兴奋，看似兵荒马乱，却乱中有序，仿佛有种潜规则，外地人乍看会不知所措。这是美浓宴席的特色，出菜快，吃得快，打包快，迅速走人，不拖泥带水。满年福时节，正是杂粮作物、烟草的收成时刻，省下吃饭时间，大家下午才能继续忙家务与农务。我利用员工收拾餐桌时，又去找刘师傅，只见他用筷子专心在锅里挑肉，我好奇凑去瞧瞧，原来他在夹猪脸颊肉，得从骨头中剔出来，他说这才是最细最好吃的地方，你们吃不到，这是我们工作人员的福利。

他夹了一片肉给我吃，果然很细嫩。刘师傅吆喝大家好好吃一顿，桌上是师傅特别留给大家的好菜，我看着有如打完一场仗的工作人员，挤在一起添饭夹菜，狼吞虎咽起来，刘师傅蹲在旁边，笑得很开心。

这才是最棒的"幼席"。

1— 制作猪咸粥
2— 猪脸颊肉是从猪骨中剔出来的，
是最好吃的部分

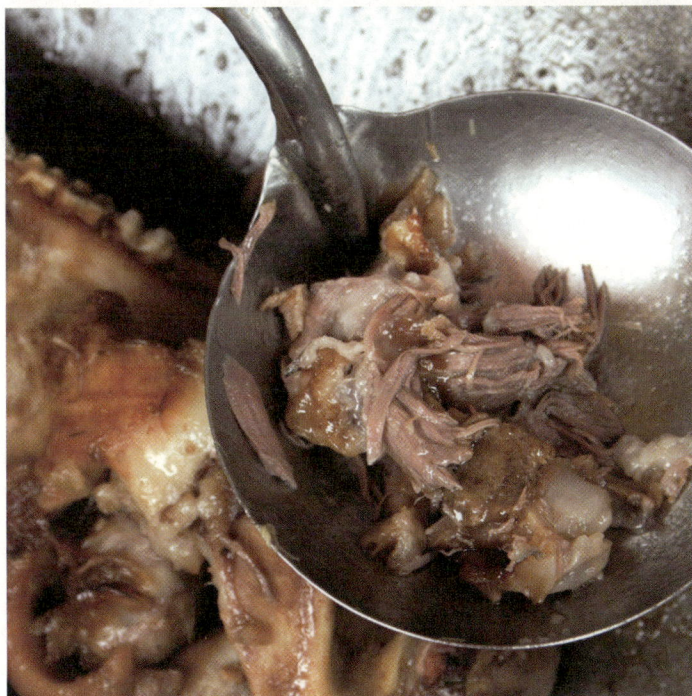

Text & Photo | 朱天衣

外省人家

朱天衣

出生于台湾台北市，朱天衣生长在一个知名的文学家庭。父亲朱西甯为作家，母亲刘慕沙，是日本文学翻译家和作家。朱天衣在家中排行第三，其姐朱天文、朱天心同为台湾著名作家。朱天衣著有小说《旧爱》《再生》《青春不夜城》《孩子王》等，散文有《朱天衣散文集》《我的山居动物同伴们》等。

我以为每个人在饮食上的喜好都有迹可循，当然这和父母的饮食习惯绝对有关，也深受成长环境影响，这类似基因的承传，左右着我们一生对饮食的好恶，而生活中再也没有比吃饭这件事更伟大的，也因此这饮食基因便无时无刻（至少是一日三餐）牵引着我们，即便离乡背井在外求学工作，它也不时伴随着思亲乡愁萦回在心底，这时，吃就不再是单纯的口腹之欲了。

我的饮食基因来自山东父亲、客族母亲，外加成长环境的眷村生活。父亲和母亲的结合，在现今来看是一桩烈烈轰轰值得被歌咏的传奇故事，但在六十年前，"二二八"事件不远、白色恐怖正炽的时空背景下，母亲毅然离开优渥的医生家庭，投奔任军职的外省父亲，他们的婚姻在当时就算不是离经叛道，也绝对不是会被祝福的。母亲生下大姐后，重新和家人联系上，白手起家明事理的外公很自然地就接受了这斯文女婿，他们翁婿俩至终都保持着相敬相惜的君子之谊，而我那好面子的外婆则是很花了一番工夫才接纳了父亲。

首先，她老嫌父亲那一身军装碍眼，当亲友问起她这女婿在哪个单位任职时，她总会以自己有限的军事知识为父亲虚报个较高荣衔的职位，很巧的是父亲每次升职，恰都与外婆的期许吻合，包括很长一段时间任职国防部出入总统府，都有幸被她言中，所以父亲常笑说，蒙外婆的金口襄助，他才能一路顺利封官晋爵。

对于父亲如此配合演出，再加上作家身份在社会渐露头角，外婆对这外省军人女婿也愈看愈对眼，时日久了，"半子"也不足以形容外婆对父亲的关爱，最显见的便是在饮食上头。每值寒暑假，我们姐妹仨多是在外公家度过的，外婆只要听得父亲母亲要回来，便全家总动员忙碌了起来，不过身为医师娘从不进厨房的她，是只动口不动手的。

餐桌上除了丰盛的地道客式佳肴，如鸡酒、姜丝炒大肠、菠萝木耳炒生肠、酸菜猪肚汤（客族料理内脏真是一等一的高手），绝对不会缺席的就是红烧猪脚，及偌大一个蹄髈，这蹄髈选的必是本地人饲养的黑毛猪，经沸水滚烫、油锅煎炙，搁上酱油米酒，放在院子里的大灶上，以柴火隔水炖煮一整个白昼，那浓郁的香气，让在院子玩疯的我，一整天都处在饥肠辘辘的状态下。当晚上赭红晶亮的蹄髈一端上桌，以筷子轻划即可拆解，外婆每每亲自大块大块的挟进父亲碗里，还念念道："只有青海奈何得了。"青海是父亲的本名，这是外婆宠溺这外省女婿的贴心举措。

父亲这一代所谓的外省人，在1947年前后从大陆漂洋过海来到台湾，大概一下船很难不被这南方岛屿的各式水果给诱惑吧！香蕉、菠萝、甘蔗、番石榴……，连用来制糖的绿甘蔗也拿来啃食，如此一来，最伤的便是牙口，就我所知父执辈的叔叔伯伯便难得有人拥有一口好牙，尤其以北方人最为严重。

1– 曾经的眷村——台北四四南村，如今已作为历史建筑保留下来，并且以眷村文创产品吸引游客

二十多年前，随父亲返乡探亲，在老家堂哥们置办的迎宾宴席中， 一道凉拌婴红萝卜上铺满了厚厚一层带点黄带点灰又含着杂质的糖粉，先不解掌厨的为何下手如此之重，尔后才想到这糖肯定得来不易，撒得这么多，展现的是对远道而来我们的浓情厚意。从小父亲包的老家端午粽，是什么馅料也没的白糯粽，蒸透了沾点糖粉便是极品了，这是浸淫在蔗糖中长大的我们难以想象的。不知父亲是不是正因为牙口不好，所以性喜糜烂的食物，包括外婆家的蹄髈，也包括各式五花肉、蒜泥白肉、梅干扣肉、回锅肉等都是家里餐桌上常见的菜肴，即便都已炖至透烂，但父亲仍会拣最肥润的部位下筷，我也能吃肥，但和他比仍是望尘莫及，他也有口福，怎么吃都保持着仙风道骨的纤瘦身材。

此外父亲也嗜臭，诸如腐乳、虾酱、臭豆腐、臭豆瓣酱，味道是越重越好，有时难得吃到一颗臭咸蛋便欢喜不已，我在这部分唯能和他分享的便是白糟鱼，在碎肉上铺一块白糟鱼，隔水蒸透了，那鱼鲜粹入肉里最是下饭，间或用筷子抹一点鱼肉在舌尖上，那股鲜劲久久缭绕不去，有时看着父亲抿着一根根鱼刺上的肉末那陶醉的模样，总让我揣想，这鲜美滋味是不是勾起了他年轻时在南京及杭州艺校读书的记忆，或者爷爷奶奶也偏好江南这一味。我也是后来才发现，父亲对较精致的江浙菜是喜欢的，像肴肉、烤麸、熏鱼、醉蟹、葱烤鲫鱼、韭黄鳝糊、雪菜百叶，点心则偏好小笼包、酥脆的萝卜丝饼及蟹壳黄小烧饼，江浙菜的不费牙口应也是受到父亲青睐的主因，但这些菜肴点心在我们家是难以置办得出来的，一方面食材不好取得，二来母亲掌厨大手大脚惯了，以细腻见长的费工菜绝不是她的长项，即便我接手家里厨房后，仅是视处理淡水鱼为畏途，便难以朝江浙菜下手，但父亲也不奢求，我们

母女做什么他便吃什么，是后来经济宽裕些，常上馆子外食，才知道他心底念兹在兹的珍馐佳肴是什么。

小时候物资不甚充裕，在吃食方面是讲究不起的，当时所谓的眷村菜，也就是将有限的食材发挥到淋漓尽致。平日的家常菜多是重口味，一家五六个孩子很正常，军饷有限，白米面粉国家供给，要喂饱嗷嗷之口，便得学着做些下饭菜，比如炒一大钵的炸酱料，里头除了肉末，便是便宜的毛豆及豆干丁、红白萝卜丁，拿来拌面配饭带饭盒都很方便，若是红烧肉，也会放入大块的萝卜或马铃薯充数，至于鱼也多以红烧料理，图的也是味道浓郁好下饭。大概唯有在过年时，才会舍得灌腊肠腌腊肉，并依各自省份端出属于自己的家乡味。

那时在肉品上可选择得极少，多也就是猪肉鸡肉及有限的鱼虾，牛羊肉都属珍品，等闲是不会去吃的，若买也都是以两计算，价钱贵得令人咋舌。我们家在吃方面是比较看得开的，每次卤味牛腱牛肚牛肠是必备的，那时还吃不到进口的平价牛，光这一锅牛肉牛杂便所费不赀，但这成了宴客必备的冷盘，记忆中家里似乎永远有川流不息的客人，逢周六日高朋满座是常态，若是年节那就得流水席侍候了。

除了卤味拼盘，母亲的宴客菜，会以客家菜肴为基底，再依外省口味做些调整，比如酸笋汤，一样以大骨高汤熬就，但却保留了一股酸劲，不像一般客族妇女会先把腌渍的笋干一煮再煮，完全祛除那酸涩味后，才加高汤烩煮，过年若大鱼大肉吃多了，母亲的酸笋便更有刮油解腻的效果。另一道客家小炒，本是将五花肉切条状，和稍微发泡的干鱿鱼及豆干条煸至喷香，再加入葱段佐以酱油米酒收汁，即是一道很有嚼劲的下饭菜，但到了母亲手里，五花肉换

成了腊肉，豆腐皮取代了豆干，另外还多添了爆香的金钩及大把的芹菜，是很好吃，但和原来的客家小炒已是两回事了。

此外从邻居妈妈那儿学来的各省料理也常出现在我们家宴客的餐桌上，如福州红糟肉、湖北珍珠丸、湖南豆豉蒸鱼、四川粉蒸肉、江浙狮子头，另外还有一些辨不清来历的，如炸虾丸、炸元宵、花椒鸡等，这花椒鸡即便用的是圈养的饲料鸡，但经盐及花椒粒暴腌后，肉质变得紧实，几可媲美放山土鸡，但它完全的不带辣，因此难以归类为川菜。

而其中我最喜欢的便是红糟肉，选猪颊肉（以前无人问津，现在换了个霜降的称号，价钱顿时翻了几倍）裹上红腐乳泥，微煮入味后即放入锅中蒸至软糯即可，那粉色的肉汁拿来拌饭，或稍微稀释后下冬粉也是美得不得了，每次听得母亲要做这道菜，我一定自告奋勇捎个小碗至杂货铺买它个两三块红腐乳回来，并遵亲嘱请老板多给些酱汁，一次或许是欢喜过了头，竟把盛了半满的小碗搁在头顶走回家，哪知脚一扭腐乳酱汁便没了满头，回去也不敢说，神经大条的母亲也没发现我这皮小孩一头的异味，只是狐疑老板怎么变小器了，酱汁短少了那么许多。

我接手家中厨房后，琢磨了几年，也有属于自己的拿手菜，葱油鸡、咕咾肉、佛跳墙、蒜爆蟹及各式热炒，也是南北合、杂七杂八的无法归档，其中应属粤系的葱油鸡因为有葱及姜丝铺排其上，很可以遮掩剁工不足之丑，葱一定要斜切，当淋上滚烫的油时才会有翻飞的美姿，最后以蒸鸡高汤加味勾芡，再淋一次在葱姜上便可上桌了，这是一道几乎不会失手的菜，也是我请客必备的主菜。

佛跳墙则是以大白菜垫底，其上一层一层铺叠芋头、猪脚、鸡脚、猪小排，最后再以一层大白菜封口，合上锅盖便直接上灶，唯有芋头需先过油，较不易松散混淆了汤汁，其他食材滚过水即可放入砂锅中炖煮。当时会选择这些食材，是价钱便宜取得容易，不想因此炖出一锅清滑不腻的好汤来，它的好在于特有一种单纯的甘美。尔今在外宴席上吃碗加了各式山珍海味的佛跳墙，却五味杂陈到令人不知说什么好，这时便不禁倍加怀念起自己做的佛跳墙了。

说到这佛跳墙，又牵扯出一段陈年往事，在我年少时，曾经历一场漫长艰辛的恋情，对象是来自香港的一位师尊，他只身一人在台赁屋居住，我不时会去照料他的饮食起居，原籍山东的他很好喂食，除了喜食榨菜、酸豆角、青糯米椒，最钟情的就是我炖煮的佛跳墙，每次看他一碗接一碗像挖宝似的享受那盅鲜美炖汤，便让我成就感十足。

不过不时从香江来探望他的亲人们便没那么好侍候了，他们最爱的清蒸鲜鱼，是用淡水吴郭鱼烹制，为求鲜必得选现宰的活鱼，下厨从不碰活物的我，只得硬着头皮上市场，吩咐好鱼贩，接着便躲得远远的，估量那鱼处理妥当了，方敢去付钱取鱼，一次回家路上，那刮了鳞剖了腹的大尾吴郭，竟然在塑料袋里腾跳了一下，顿时把我吓到魂都飞了，大概只有为自己爱恋的人，才做得出如此惊恐癫狂的事吧！

但如此搏命演出，并未让这段恋情修成正果，最后还颇莫名其妙地以伴娘之姿，陪这位师尊和他的新娘子返港摆宴，那是我第一次出境，对二十出头的我来说，一切都再新奇不过，最叫我瞠目结舌的是，婚宴在饭店席开数桌，说是

1– 令人五味杂陈的佛跳墙
2– 看似最简单的白斩鸡是最考验手艺的功夫菜

1– 客家小炒

六点开席，开的却是麻将席，这麻将直打到八点才歇手，瞬间方桌变圆桌，喜宴这才正式开始展开，港人性喜麻将，我至此算开了眼界。

至于那街头巷尾卖的各式点心饮品，也让人好费思量，像频繁出现的西红柿、草莓，前者让我以为是某种进口柿子，后者则该是哪国出产的梨属，但拿柿子炒鸡蛋不是有点诡异吗？搞了半天原来是西红柿，而那斯多俾梨则是英文直译的草莓。还有那让我研究了许久的鱼蛋粉，则是尝过之后才知道是汤河粉加鱼丸，依我原先想象，约莫是某种鱼卵磨成粉后制成的奇特点心。说到鱼丸，各地讲究不同，台湾总喜欢把各式丸子都做成像小皮球般饶富弹性，不慎掉到地上都能乒乒乓乓弹跳不止，我原以为这是所有丸子追求的终极目标，但返乡探亲时终于吃到父亲提起便会嘴角带笑的江浙鱼丸，真个是柔润细滑入口即化，且鲜甜异常，而香港的鱼丸则介于这两者之间，不特别弹牙，也不特别鲜润。

其实在我年轻时台湾很流行粤菜，包括港式饮茶在内，这在香港算是庶民餐饮，许多人一日之始便是在茶楼里展开的，但来到台湾却成了高消费的饮食文化，那时有个死党哥哥暑假便在当时挺有名的"红宝石茶楼"打工，每当这些工读生推着点心车换楼层时，在密闭的电梯里便是他们上下其手偷吃点心的好时机，不过一口气要吃掉一整笼才成，不然精得跟鬼似的客人哪会放过四个烧卖变三个、三个叉烧包只剩两个，我这爱锅气不怕烫的人，真适合去那地方打工，但这股饮茶风也很快就过去了。

保持比较久的则是卖烧腊粥品，炒面捞面的粤菜馆子，如

我们这般经济永处拮据的青年学子，来到这类馆子，多只能点盘招牌饭或炒面，想吃烧鸭，便点个鸭头鸭脖子解馋，即便我爱死了广式粥品，但不挡饿的只能忍痛割爱了，所以最常点的还是广州炒面，油炸过的细面淋上勾了芡的什锦杂物，既香脆又浸满浓郁的汤汁，真是人生一大享受，但在香港却遍寻不着这道料理，难不成这和月亮虾饼一样是台湾人自创的泰式点心、港式料理？后来随着粤菜在台湾式微，这道炒面也差不多消失了，好在目前在周华健开的"三合院"里还保留着这一味，让人还能在享用这道美食的同时，缅怀一下年轻不羁的岁月。

而后拜探亲所赐，往来香江不下十次，每回去仍喜欢往街头巷尾钻，骑楼小铺里的各式粥品真是令人百吃不厌，反而是那高档茶楼令我望而生畏，一来点心迷你到该用牙签戳食喂不饱我这大胃王，二来冷气强到猛灌茶水身子仍发颤。唯一次令我热血沸腾的宴席，是因为田壮壮在座，才下飞机的他还裹着围脖，身着厚厚的冬衣，浓眉单眼皮一腮的胡，活脱是水浒走出来的人物，那震撼呀！让我回得家后便写了篇小说。那次的香港电影节还遇到张艺谋，才拍完《红高粱》的他朴拙生涩得很，完全是《老井》里的模样，一晃眼，这已是近三十年的往事了。

我有机会涉猎闽式料理，则是好人做到底的为那师尊夫人坐月子学得的，包括有益产妇哺乳复员的麻油鸡，也包括初一、十五拜拜不能少的白斩鸡，至于那红烧猪脚面线、蛤蜊鸡汤、炒米粉也是那时候学会的。其中看似最简单的白斩鸡却是最考验手艺的工夫菜，也是每个本省媳妇必备的厨技，煮鸡时火候定要控制得宜，别皮都爆了里面肉还带血，若没把握，可以筷子穿刺一下大腿肉最厚的部位，

不再冒血水了，便可以两支筷子卡在胳肢窝下起锅，剁工也很重要，它不像葱油鸡还可以靠姜葱遮丑，装盘端上桌时必须齐齐整整、大小一致，且再硬的骨头定得一刀剁断，才不会制造一堆碎骨头渣渣，既不美观又怕磕了牙。

白斩鸡当然不只闽南人吃，只要常祭祖拜拜的家庭，这都会是道常备菜，唯在蘸酱上各有讲究，闽南人多只以酱油佐之，客家人则喜欢多添一些九层塔或桔酱（极小的绿皮橘子做成的浓稠酱膏），广式则以葱姜油蘸食，很有葱油鸡的滋味，而以文昌鸡著名的海南岛沾酱，则是汲取一些鸡汤上的浮油，加些盐和葱，最后再淋上现挤的柠檬汁，就成了提鲜又杀腻的最佳佐酱了。

无论是承传父母，抑或成长中受各路人马熏陶，我的饮食光谱是十分宽广的，简单说就是不太挑食，鱼鲜中只有淡水鱼不吃（小时养鱼的缘故），肉类则是怪肉不食，如鹿肉兔肉田鸡肉，至于那珍禽异兽当然也是不碰的。除此而外，各类食材我很少会拒绝，而今吃的又多是自己园子里的青蔬野菜，唯一讲究的即是料理过程尽量简化，别糟蹋了食材的天然好滋味。

吃对我来说，真是件愉悦的事，常吃着这餐，就已想着下一顿可以吃些什么，生活中有些盼头总是好的，至少一天当中可快乐个三回，这还不包括点心消夜呢！台湾有句谚语"吃饭皇帝大"，在我以为，吃饭可比皇帝还大，当人专心致意地在享受眼前美食时，就算天王老爷来，也得一边等等，因为世间再没有比吃更伟大的事了。

Text & Photo | 叶怡兰

我的，
日常餐桌

My
homemade
cooking

叶怡兰

饮食文化作家，"Yilan 美
食生活玩家"网站创办人；
"PEKOE 食品杂货铺"店主；
自由心向股份有限公司创意
出版部总编。历任 Aspire 杂
志总编，《壹周刊》美食旅
游家居组主任，Vogue 杂志
采访主编等。著有《隐居·在
旅馆》《享乐·旅馆》《极
致之味》《寻味·红茶》等书。

在自家厨房里寻找"妈妈的味道"

对我来说，自小到大始终很难具体形容什么叫作"妈妈的味道"。原因在于，我的母亲是成功的职业女性，极少做饭。所以记忆中母亲的挑灯忙碌背影总是出现在办公桌后，非在厨房里。而那样的女性形象似乎也悄悄影响了我，让我不知不觉跟随了母亲的脚步，为自己的事业奋力拼搏、全力以赴从不懈怠。

唯一不同是，我虽和母亲一样热爱美食，但除了享用以外，我也爱做菜。即使成长阶段耳濡目染下几乎不曾进厨房，但北上求学，远了家乡味，南北两地口味的巨大差异，不仅让思乡愁绪益发深浓，更激起强烈的念头与动力，开始学着自己为自己做饭。

学生赁居处窄小，只容得一只小小炉子、一口迷你电饭锅。从母亲书架上翻找出来的《傅培梅食谱》并无大用，一来作法略嫌复杂，现有设备难以施展，二来也非我熟悉的家常味。好在还有一本已然斑驳泛黄的《家庭食谱大全》，非为一道道菜式介绍，也没有明确的步骤分量，而是以食材为经纬，杂谈各种可能做法与变化。结果意外合用，对从小就被台南古城里最单纯庶民食物养大的我来说极是对味且一点就通。

就这么摸索着一点一点逐步演练，直至大学毕业开始工作，我终于拥有了稍微像样的厨房，这会儿，稍微有些底子、眼界也开了，置身繁华台北都会，瞬即被众多时髦洋玩意儿吸引：意大利面、法国乡村菜、欧风甜点……书店里一本一本食谱买了来，什么新奇菜肴都想玩玩看。尤其后来因缘际会一步踏入饮食写作与研究之路，加之世界各地不停旅行四处行走，视野更开阔宽广，家常餐桌，一年年益发渗入形色纷呈异国味道。

然而有趣的是，这样的热闹混融景况却不曾持续太久。随年岁增长心境转为淡静，再加上工作忙碌，在家时间长了，自煮自食频率越高，且因写作与研究领域渐偏食材本身，对素材之本来面目本来味道越来越喜爱情钟……

于是，我的家常菜就这么一年年渐渐简化，精挑细选在地当令食材、点到为止烹调，三两下快手轻松就可开饭。然后就在这过程里，另一惊奇发现是，菜色形貌竟也跟着越来越"台"。

明明几乎从不曾受过正式家厨训练，然儿时曾经熟悉的台

1– 我的家常菜就这么一年年渐渐简化，精挑细选当地时令食材、
点到为止烹调，三两下快捷轻松就可开饭

南味、自家菜，甚至烹调工序与步骤，却每每在寻常煮食
之际不自觉历历浮现脑海：炒米粉、什锦米粉汤、咸粥、
粿仔汤、干煎或卤煮虱目鱼、烧豆腐、葱仔蛋、蒜味苋菜
汤……就这么自然而然地出现在餐桌上。

当然再无法如幼时那么纯粹了。过往经历的潜移默化，让
我的菜还是多多少少带点混血痕迹。

特别是日本料理的影响——说来奇妙，可能是台日间复杂
交错的历史文化因缘，也可能是原本口味就素爱清淡，早
年乍一接触日式烹调，立即便觉投合相契，不仅借此了然
如何简单煮原味吃的神髓，也因而一步跳接上台湾家常菜
里隐隐然存在的日风，领会了二者间相互共通的朴素扎实、
真淳本色，备觉亲切。

还有欧洲地中海料理的轻松、率意、不拘泥，也为我的日
常三餐点染上更多活泼风景。

台魂为本，日西为用；陶然自在，悠悠而乐。这就是我的
日常餐桌。

1/4– 叶怡兰的家常餐桌
5– 台魂为本，日西为用

Menu

①

五 色 米 粉 汤

（两人份）

Rice noodle soup of five colors

⊙ **材料** ⊙

橄榄油 2大匙　/　青葱（切段）1根　/　西红柿（切小丁）1个

榨菜（切条）30克　/　黑猪肉（切条）50克　/　香菇（切条）2朵

纯米米粉 2片　/　鸡高汤（热）适量　/　菠菜 适量　/　酱油 1大匙　/　香醋 1茶匙　/　麻油 少许

⊙ **做法** ⊙

1. 炒菜锅中倒入橄榄油，入青葱段爆香。

2. 放入西红柿与榨菜炒至入味且略熟软状态，再入香菇与黑猪肉炒至猪肉稍微变色。

3. 以锅铲将锅中材料拨开，放入纯米米粉，再将材料拨至覆盖其上。

4. 倒入大致可淹没米粉的足量高汤，待高汤煮沸、米粉散开后，以锅铲或筷子轻轻拨散使之均匀。

5. 放入菠菜，再次轻轻拌匀，等菠菜略熟之际，以酱油、醋与麻油调味，即成。

Menu

②

和风梅子秋葵冷面线

（两人份）

*Cold noodle with okra & Japanese
dried plum*

⊙ 材料 ⊙

面线 1 把 ／ 秋葵 7~8 根 ／ 日本梅干 2 颗 ／ 昆布柴鱼高汤 适量

酱油 适量 ／ 葱花 少许

⊙ 做法 ⊙

1. 面线煮熟、冲凉，秋葵烫熟、放凉切片，一起排入深盘中。

2. 昆布柴鱼高汤调入适量酱油，拌入葱花与去籽切碎的梅干。

3. 将酱汁淋在面线与秋葵上，即可。

消逝的古早味

Text & Photo | 黄婉玲

The disappearing tradition

黄婉玲

台湾古早味寻访者。多年来矢志寻遍台湾本地即将消逝的古早美味，日复一日，从隐匿在民巷小街和老集市上的店铺摊位中觅得老师傅们的祖传手艺，以及与手艺同样久远的味觉故事。曾著有《浅谈古早味》一书。

台湾是个移民岛，早年很多大陆人从福建、广东等地移居台湾，在台湾这块土地经历冲突、融合、再冲突、再融合，饮食方面也不断擦出火花，异乡的风味，因为融入台湾的本地食材，让这些漂洋过海的饮食产生另一种风貌，激荡出具有独特风味的台菜风景。

我觉得用饮食来谈文化最不沉重，在十五年走访古早味的旅程中，我就像不停穿梭在浪漫与情感交错的时空旅程，一路走来由平凡普通的糕饼、点心到有钱人家私藏的大菜，无一不让我惊讶于祖先的创意与智慧。

很多人误以为台湾有名的就是丰富的小吃，甚至以小吃招待来台湾的外国宾客，让台湾的传统大菜无缘登上国际舞台，令人感慨的是餐厅连现有的台菜也做得不算地道，台湾经过五十年的蓬勃发展，反而使台菜走入濒临失传的窘境。

很庆幸自己十多年前认识一些八十多岁的老师傅，原先只是想一探早年的饮食文化，却意外获得老师傅传授的各种手艺，也才了解每一道菜原来都有其背景与故事，更体会祖先们的生活智慧。

① ──────────────────────────────────　菜 脯 蛋

现在台菜餐厅最有名的就是"菜脯蛋"，但以菜脯蛋当台菜餐厅的招牌，却反映出餐厅对台菜的认识其实非常肤浅，只因为它只是一道家常菜。当年先民到台湾开垦，生活刻苦勤俭，家里养的母鸡生了蛋还舍不得拿来吃，总会捡起来卖钱或让母鸡孵出小鸡，只有等母鸡孵了许久，鸡蛋仍不动声色，才会将这颗蛋拿出来做菜。

因为孵过的蛋不再新鲜，还带着一股腥臭味，大家又舍不得丢，想出将晒干的菜脯切碎爆香后加入蛋里面，煎成菜脯蛋，这样子就吃不出那股蛋臭味。

菜脯哪里来？农民在白萝卜盛产时，会将每条白萝卜切成四份，加盐搓揉，每天拿到庭院曝晒，一段时间就晒成萝卜干，成为台湾人称的"菜脯"，晒好后用麻袋装好收藏，遇天候不佳没蔬菜吃时，再拿出来食用，除了菜脯蛋，还可做菜脯鸡。

可别小看小小的菜脯，可是越陈越珍贵，存放十几年的老菜脯，颜色变得又黑又亮，像"黑金"一样的珍贵。拿来炖鸡，汤头清淡，香味却很迷人，据说是治气喘的良药，没想到不小心存放过久的菜脯也能"点石成金"。

当年菜脯蛋是以菜脯的香味取胜，但现在餐厅吃到的菜脯不够陈年，味道根本出不来，烹调过程也无法借由火候控制来唤醒菜脯的香味，我觉得现在餐厅烹制菜脯蛋油加得太多，比较像烘蛋，让我总会产生错觉，还以为是炸菜脯蛋。可惜这道菜在烹调上已失去原味。

一道简单又有时代背景的菜，能跃居餐厅舞台并不容易，我不知道现在餐厅师傅的养成教育发生什么事，倘若非台湾人要认识菜脯蛋最好的方式是到餐厅，餐厅却无法反映台菜的原始风貌，那台菜的明天真让人堪虑。

外界对台菜的认识并不多，造成台菜的名气不如台湾小吃大，殊不知台湾的小吃丰富，大菜也不马虎。例如台湾人祝寿喜宴上会吃"猪脚面线"，有钱人家不喜欢太普通的菜肴，就研发出手续繁复的"猪脚鱼翅"，用来当寿宴的第一道祝寿菜。

猪脚鱼翅 ──────────────────────── ②

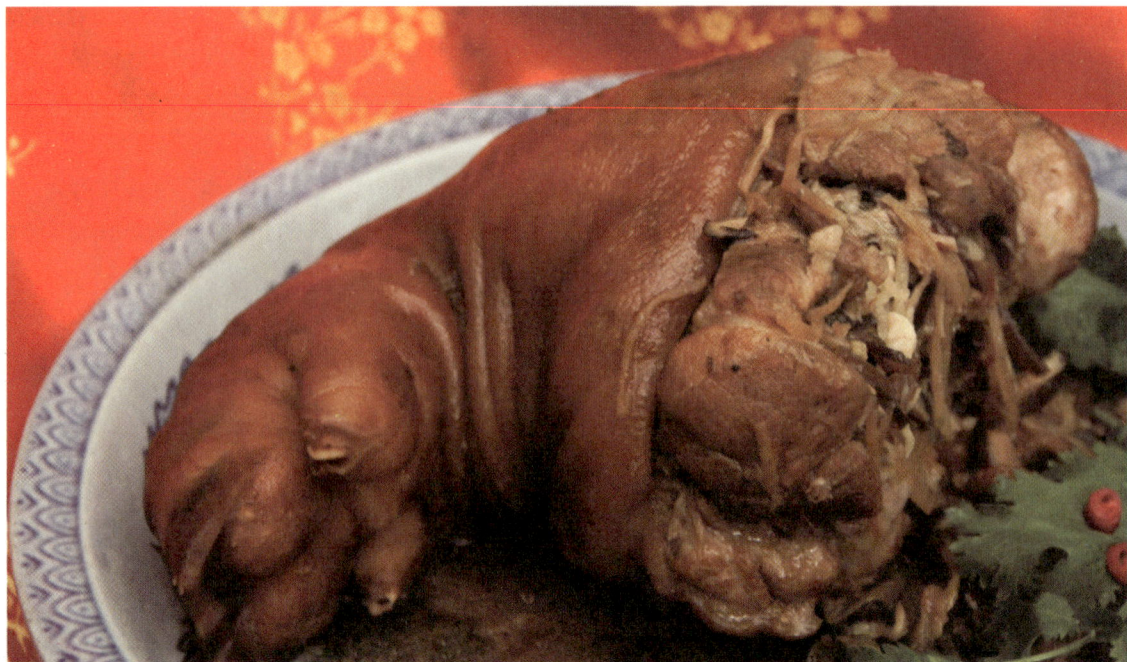

这道菜采用的是猪的前蹄，猪脚中间的骨头先经不着痕迹地取出，再于原来骨头的空间塞满笋丝、香菇、鱼翅等食材，再于末端缝合起来，料理时先下油锅炸，再卤，接着蒸它一两个小时，然后再将汤汁烩成羹，淋在盛着猪脚的盘内端上桌。

这道菜初上桌时，外观像普通的卤猪脚，但当主人拿汤匙从猪脚中间划开时，丰富的馅料蹦出，马上赢得众人的喝彩，因为猪脚炸过之后，猪皮变得弹嫩且不油腻，再经过卤的工夫，里面的馅料味道十足，又经过两个小时蒸的工夫，肉质变得软嫩，这一道猪脚鱼翅可是有钱人家寿宴上鲜少缺席的大菜。

布袋鸡是一道早年有钱人家新居落成"入厝"宴席上一定会吃的菜肴，鸡在台语的发音等于是家的意思，宴席第一道菜出来鸡的料理，象征"起家"，就是希望这个家能够旺盛，这时候第一道菜就不是祝寿的猪脚了。

台湾的大菜有个特色，就是喜欢将两种不同口味的料理融合为一道菜，就像猪脚鱼翅，是卤猪脚和红烧鱼翅组合而成的一道菜，而布袋鸡乍看之下就像是一道清炖的鸡汤，但当主人拿着勺子划

③　　　　　　　　　　　　　　　　　　　　　　　**布 袋 鸡**

破鸡皮时，里面不但没有骨头，也没有肉，只留鸡头、鸡翅、鸡爪有骨头外，其余的肉和骨头早从脖子的小洞剔出来，剩下一个鸡皮囊，就像个布袋般。

这时候厨师会从脖子的小洞放进红烧鱼翅的料，让鸡皮囊鼓起来，就像是一只鸡的模样，再将鸡脖子绕个圈，压在翅膀下，放进蒸笼里面蒸，蒸好之后可加清汤，也可以加红烧羹，之后就可以上桌，通常逢年过节做这菜时会加红烧羹，因为勾芡过的羹在风俗上代表着子孙绵延不绝。

这时你会发现布袋鸡就是清炖鸡汤加红烧鱼翅，又是两种口味融在一起了。只是这几年想吃这些大菜还真不容易，由于近五十年来粤菜、川菜、江浙菜在台湾蓬勃发展，最近几年异国风味的菜肴也纷纷传入，台湾的古早菜已经悄悄地消失了。

台湾有很多菜带着浓浓的移民色彩，唯有"菜尾汤"是台湾本地文化产生的独特菜肴，早年喜宴

④ ——————————————————————————— **菜 尾 汤**

办桌请客时，都是整个村庄动员起来，将家里的八仙桌、锅碗瓢盆全都拿出来借，连人都会来义务帮忙摆桌、煮饭、洗菜，自然许多人开席时无法坐下来大快朵颐。

因此办喜宴的师傅都会在做菜过程中，将封肉、白菜鲁、五柳枝的羹、红烧羹、酸菜猪肚汤等菜依比例留下来，当宴席的菜都做好了，师傅会将这些预留下来的菜加入其他菜做成最后一道菜，叫作"结菜尾"，成为一道丰富的"菜尾汤"，味道非常缤纷，而且层次分明，略带微微的酸味，但不是醋酸味，而是食材拉提出来的酸味，这可是台菜最经典的代表作。

菜尾汤可是关系着师傅名誉的成败，因为"结"出来的菜尾汤是由主人家分赠给全村来帮忙的人，感谢大家的辛苦，这个风俗称为"还菜尾"，因此师傅做得好不好吃，马上会在街坊邻居间传开，这对未来是否要再聘这位师傅办宴席影响深远，因此师傅都会铆足了劲来做菜尾汤。

因此每当有名的师傅来办宴席时，有些宾客甚至会自告奋勇担任帮手，不愿意上桌吃宴席，只因为要想获得名师傅的菜尾汤，六十岁以上的人都尝过菜尾汤，也知道菜尾汤的魅力无法挡，年轻一代则不知道何谓菜尾汤，也没历经过那个文化。

其实菜尾汤是台湾三百多年来在特殊的生活背景文化中发展出来的纯粹台菜，想做菜尾汤必须先做好七道菜，之后再加一些其他菜和鱼丸来调整，如果要我拿菜尾汤和佛跳墙相较，我宁愿做佛跳墙请客，除非交情很好，否则不轻易做菜尾汤，因为实在太费工夫。

可惜 1949 年来了很多外行人，根本不了解菜尾汤是什么东西，还以为是将宴席上的菜打包就可以煮出来，有人甚至以为是吃剩的菜煮一起就是菜尾汤，可是那就是馊食了吗？怎么会是台菜的经典？一道比佛跳墙还好吃的菜竟被形容成这样，真是让人遗憾！

⑤ ———————————————————————— 咸蛋四宝

有一道当年在酒家赫赫有名的"咸蛋四宝",可是顶级的汤品,这几年在餐厅吃到的却是荒腔走板,问题出在店家不用心准备食材。咸蛋四宝的材料很简单:排骨、猪肚、鱿鱼、鲍鱼罐头四种,早年台湾的酒家常将干贝、鲍鱼、罐头、洋火腿入菜,用干贝、鲍鱼是取其高贵,至于用罐头、洋火腿则是当年最新潮、前卫的食材。

咸蛋四宝的口味控管就在那罐鲍鱼罐头的汤汁,成功的秘诀则在咸蛋的挑选,想做出顶级的咸蛋四宝汤,非得选用红土包覆的咸蛋不可。打开新鲜的咸蛋之后将蛋白冲掉,等汤快滚时才将咸蛋黄放入滚开,起锅前将一两颗咸蛋压碎,让蛋黄里面的油脂泛出,刹那间汤头好到令人难以抗拒,当年这可是一道醒酒用的好汤,今日我认为它也是开胃的好汤,胃口不好时遇到它保证能多喝两碗。

台湾这几年市面上几乎都是外来食品，连月饼也流行广式月饼，讲究皮薄馅多。台湾原始的月饼则在七年前悄悄淡出历史，这种台式月饼连好多台湾人都没见过，圆圆的外表涂上一层酵母菌烘烤，说也奇怪，不过秋分，酵母菌就是培养不出来，在日本殖民台湾时候，这家老店生产的台湾月饼曾获"总督府"的台湾点心冠军奖。

这种台湾月饼有两种口味，一种是芝麻，一种是花生，将桂圆肉切碎放入芝麻或花生粉里面，吃起来外表酥脆，芝麻馅加入切碎的桂圆肉，馅料非常滋润，含在嘴里会感觉似沙沙的水流在口中蹦开，至于花生绝不能用机器搅碎，而要用磨臼剁碎，再拌上碎桂圆肉，花生的油脂很滋润，香气也够，吃它一口就停不下来。

老店关了，想它、念它，却吃不到了，一到中秋节，只因为我吃过古老的台式传统月饼，对现在的月饼一点兴趣都没，望着明月思念着古早的月饼，也是另外一种过节吧！

⑦ ──────────────────────────────────── **百寿龟桃**

现代人过生日总是会来个生日蛋糕庆祝，或用寿桃祝寿，可是早期的台湾人不用寿桃祝寿的，他们认为只有皇帝和神明才能用寿桃，平民百姓可是承担不起。因此用面粉搓揉，俗称面龟来祝寿，在外皮滚上红色色素去蒸成"红龟"，里面包的是炒过的红豆馅。

在祝寿时用的红龟称为百寿龟桃，因为只要从红龟的外形，就可以知道寿星的辈分；外形略为椭圆形的面龟，一般是生女儿时送给亲友的，但在祝寿时却代表儿子辈的贺礼；八字形俗称"双连龟"的面龟，原先代表生儿子用的，在敬天时拿来祭天，表示以子之心敬天，但在祝寿时却颠倒变成女儿送的贺礼。

怎么会有将男女身份对调的情形呢？原来早年重男轻女的时代，人们总是希望多生几个儿子，不希望生一堆女儿，但在祝寿这天，没有儿子的人也能将女儿当成儿子般送礼祝寿，这就是台湾礼俗上通情达理之处。只有在生日这一天，儿子和女儿的身份可以颠倒，却也因这个通情达理的风俗，导致后人往往搞不清楚如何祝寿，我也是走访五六年后才弄清楚它的礼制。

至于向上略弯成类似弦月的面龟，俗称"红桃"，是代表媳妇赠送的礼物；另一款尾巴向上挑起的面龟，则称为"歪尾桃"，是孙子辈订制来送给寿星的；至于S形的面龟则代表曾孙辈的祝贺；最后一个像是一只乌龟般，有头有脚又有尾巴的面龟，称为"五全龟"，则是人人期盼得到的贺礼。因为它象征玄孙辈才能送的礼物，得到这份礼物的寿星就称为"五全人"。

在台湾风俗，做成龟形的东西是庙宇用来敬拜神明的，一般人不可以拥有，但唯有玄孙祝寿时才可以用来当贺礼，代表寿星的长寿，子孙繁衍够多，辈分够高。

我采访过一位八十岁的老师傅，他说这辈子也只帮过一位老妇人做过这种五全龟贺礼。可惜这个风俗在台湾也式微了，毕竟人们不断接收新的信息，接受新的事物，却在不经意间遗忘了曾经拥有的过去，一些礼俗就这样悄悄消失了。我并非要大家遵守着过去的礼俗来祝寿，而是希望别忘了我们的祖先当年是怎么祝寿的。

<!-- 8 --> **三　色　粿**

农历七月是台湾鬼节，七月十五日中元节，这一天要祭拜祖先和亡灵。在祭拜过程中，桌上会摆满祭品，祭品前面一定要摆着三色粿，市场上就会出现必桃、必粿、满洲桃"三色粿"，象征超度亡者，这样礼仪才算完整。现在这个风俗也逐渐凋零了。

三色粿必须用老面来做，农历七月十五是台湾最热的时候，为了发老面，黄师傅一家人常得推着整缸的发酵面团追着太阳跑，太阳在哪里，面团就到哪，可节省发酵的时间。

现在会做三色粿的人已不多，原先的三色粿，三个粿都是白色的，因为台湾人喜欢红色，白色代表丧事，后来就有人在粿上面点上红点求吉祥，但是不知道怎搞的，现在竟有人拿红彤彤的面龟当成三色粿的一色，乱凑一通。黄师傅对这种现象也很感慨，他说，家里数代从事糕饼业，手上也有一本明朝的糕饼书，明明三色粿就是必桃、必粿、满洲桃，现在搞懂的真是少之又少。我想或许因为一年只有中元节才做一次三色粿，久了之后师傅或许就忘了或搞错了，才出现一些乌龙。

黄师傅说，除了中元节做三色粿，六七十年前一户有钱人家每到过年就会订一两百个必粿，拿回家后从中间对切，夹一块卤好的五花肉就是一道美味的点心。有一次父亲带他去送货，主人高兴地拿一块这种点心请他吃，那美好的味道让他念念不忘，只因为他家虽会做必粿，却不会卤那块肉，再怎么都吃不到那次的味道。

根据黄师傅的口述，我买回五花肉，切成每片厚约1.5厘米、宽约7厘米的肉片，然后在锅里加水、酱油、冰糖熬煮出味道后，将五花肉片放到锅内，煮个十分钟熄火泡半天。我用必粿夹着自己做的五花肉请黄师傅品尝，他吃后惊讶地直说"终于吃到六七十年前的味道了"。

他很好奇我如何还原成功，我告诉他：当年有钱人才有酱油，冰糖在当年都是高贵的材料，既然是富豪之家，大概会使用这两种调味制作。我依此炮制，味道不输广式叉烧包，甚至更美味，只是五年来我也没得吃了，因为现在黄师傅年事已高，早就歇手不做，虽然台南仍有几家糕饼店在做必粿，却做不出古早的好口味了。

结语 ————————————————————————————————————

传统糕饼的消失，可能因为大家喜欢尝新，但我也发现现在许多的新糕饼制作方法非常简易，容易上手，添加物也多，而旧的糕饼靠的是真材实料，要有扎实的制作功夫和烦杂的工序才做得出来。但以现代人的观念，要达到如此扎实的功夫，可能得花几十年的时间，与其辛苦地练功夫，不如取巧研发新的糕点。

我曾教导过一家餐厅师傅做台菜，本来忧心师傅学得不够认真，要如何在市场上立足，想不到对方竟然要我别担心，因为他们有足够的经费来宣传，口味地不地道，客人并不知道。

现在很多店家标榜台菜，做的却都是"创意台菜"，既然无法做出原汁原味的台菜，就利用"创意"两个字来掩饰所有的不良。这一两年我投入"黄婉玲烹饪教室"，我一直强调只靠盐、酱油、糖、醋来烹调，绝不加一点味精。每个星期天花十个小时教学，连华侨都专程来学台菜，我以各种方式卖力地让学员知道如何传授正确烹煮台菜，绝不藏私，因为我知道，只要有一丁点的藏私，台菜就会失传。

虽说是每周日十小时的课程，但烹饪教室常会延后下课，只因为技术必须零距离传递，连续站十几个小时累吗？体力上绝对累，但不敢说累是因为唯有将台菜传出去，才不至成为缥缈虚无的传说。我认为这十几年都在和时间赛跑，老师傅凋零的快速超乎想象，我至今仍然随时上紧发条，只要老师傅愿意教，我就开始记录，这个记录是一份情、一个故事及即将消失的传承。

我觉得人们不断往前走，却也应该保留优良的古早味。我在台湾推行"饮食复兴运动"，透过写作、写食谱、甚至开班将失传的古早味技术传授出去，为的就是希望古早味能不因时间流逝而失传。

拾

遗

Memento

表情 台湾的

Taiwan`s expression

Text & Photo | 绿妖

绿妖

县城青年,现居北京。做过工人、
时尚编辑、电台主持人、老师等。
出版有散文集《我们的主题曲》
(2004)、小说集《阑珊纪》(2008)、
长篇小说《北京小兽》(2012)、
《沉默也会歌唱》(2015)。

第一次去台湾是 2011 年 9 月，公事间有些空隙，友人问我们想去哪里，脱口："筠园。"

四十分钟捷运（地铁）到淡水，坐上开往金山乡公所的长途汽车，破旧的大巴摇摇晃晃地开出去，前后的阿婆阿公在一个个荒凉小站消失。不知不觉，大海涌现在路边，阴天，海水灰蓝，浪奔起大块的白，黑色防波堤肃立其中，勾勒点线，犹如一幅黑白画卷。对于阿婆阿公，这是看惯的景象，或打盹或聊天，只有我凝视这一路的黑白线条，它一直不变，我一直不厌。有一个叫"草里"的小站，红砖盖的三面小亭，横一条蓝色塑料长凳供人歇脚，亭后就是海水。车站空无一人，海水兀自动荡，这候车室美到奢侈。

大巴天荒地老地开了一个多小时，经过基隆，到达金山。金山的金包里老街都是各色台湾小吃。红花百草膏、凤梨干、干贝酱。有一家庙口小吃店生意火爆，客人点米粉小菜，自己端到隔壁，吃完自行结账，我们研究半天，会不会有人吃完跑单。我弄明白台湾电影里经常出现的"庙口小吃"，顾名思义就是开在庙门口的小吃档。庙是一条街最繁华地段，能在这里生存下去，都是久经考验。果然，这是我吃过最好吃的米粉。

穿过滚滚红尘的老街，叫出租车，上金宝山。

"去哪里？"司机师傅懒洋洋问。
"去看邓丽君。"师傅坐挺了背。

"筠园"背山面海，秀丽静谧。黑色大理石墓石，黑墓碑，墓碑上她枕着自己右手，仿佛沉睡。墓石上摆满鲜花。踩上去就会响的黑白琴键下，循环放她的歌曲，空谷回音，荡气回肠。我们去的那天一直播放日文版。为什么不是中文版？待了一下午，原来来的大半是日本人。开始，一车游客，拿着相机黑压压地走过来，心想要糟。谁想，既没有导游拿高音喇叭喊"这里这里"，也没有此起彼伏的"快来快来"，他们安静地轮流站在墓前拍照，然后默默离去，悄无声息，令人感慨。

同去的乐评人邱大立说："墓地后面是枫树，我们捡几片枫叶回去。"又说："我们在这里多待一会儿，反正也不赶时间。"离去时他发现了墓志铭，我们逐字读一遍。他抚摸着墓志铭后的小树：这树长得真结实（其实就是普通灌木丛）。又说："树上结的小果子真好看。"我提议帮他和邓姐姐合影，他小心翼翼地将头靠在她的一侧香肩，害羞又肃穆。同块墓志铭，后来也被民谣歌手小河、万晓利逐字逐句读过，那是半年后，同样害羞肃穆地合影，同样小心翼翼、毕恭毕敬，这两个来自邯郸的歌手蹲在地上读得如此专注，犹如孤儿凝视远方的孤儿院。

在二十世纪七十年代的精神荒漠中，邓丽君柔情的歌声滋润了无数大陆少年的心房。是性启蒙，也是人性的启蒙。原来歌，还可以这样唱，原来，人并不都是杀气腾腾，还可这般柔情，纯真善美。就像复旦大学中文系教授严锋讲的故事：少时读禁书《牛虻》，狱中的牛虻突然抓住主教手臂，低声说："把手给我……快……只要一会儿……"尽管茫茫然不知这个革命者要反动派的手干什么，他还是被触动了。柔弱的人性，通过歌声、透过禁书，雾气般打湿覆盖在少年心灵上，由革命和反革命的词汇组成的硬壳。

回到台北，朋友推荐去温州街永康街。永康街一带有许多小咖啡馆、茶馆、书店，据说许多作家长期盘踞于此写作，比如唐诺及朱家姐妹。这附近都是老街旧屋，住房风格是日式，矮墙小楼，植物探出墙头，绿影扶疏。明白了台湾为什么出小清新，是这样的小门小户小花小草。找张铁志推荐的"青康藏"书店，一两个小时找到后发现没开门。旁边茶馆？也不开。真任性。不知是文化如此，还是因为房租成本不同，我看到的香港小店普遍比台湾小店勤奋。大陆饭馆一般只做两餐生意：中饭、晚饭。而许多香港茶餐厅是从早餐开始，洗刷炖炒直到深夜关门。台湾小店则较为随意，朋友推荐的"小隐"，门口黑板以流丽的书法写着：店小二外出，午餐暂停供应一个月。

香港的滚梯恨不得让人摔倒，即使这么快，年轻人还都从急行道"噔噔噔"地跑上去，一座奔跑的城市。第一次去台北，地铁滚梯旁严阵以待地刷着大字：抓紧扶手！高速喔！我心惊胆战地攥紧扶手，一个跟跄——太慢了，超乎所料的慢。

台湾，它满街的独特小书店，悠然的小饭馆小茶馆，就在这慢节奏下慢慢生存。我不知道哪个城市的居民更富裕，但台湾的生活节奏，更让人好整以暇，活得不那么面红耳赤。如果让我选，我更愿意在台湾久居。

大陆人初到台北街头会觉得陈旧，没有崭新的高楼群，街道并不宽阔，摩托车惊险穿梭于机动车与行人之间。台北朋友抱怨人车不分流，我说，北京的马路倒是宽，可是行人过马路并不方便。大陆这些年盖高楼的效率有目共睹，但每一个新的广场背后就是一次浩大拆迁，是穷人生存空间的进一步被压缩。窄街道，旧建筑，说明有一个"小政府"，破土动工需要老百姓同意，它不能想怎样就怎样。陈旧市容的

1– 筼园的邓丽君塑像
2– 小河、万晓利正在读邓丽君的墓志铭

背后，是普通人的安居乐业。

第二次去台湾，是和大陆民谣歌手一同"走江湖"。台北演完首场，第二天带着宿醉，"走江湖"拔营开赴台东。送别时，歌手曾淑勤殷殷赠言：台东的酒很凶，大家多保重。

台东的演出地点在"铁花村"，此地原是台东市台铁的废弃宿舍及仓库，从村长丰政发拿着榔头进去敲敲打打开始，到"角头音乐"总监郑捷任设计音响效果，慢慢地，这里有了常态的音乐演出。环绕表演区又有"慢市集"，展售台东艺术作品、特色农产品。被马英九推荐之后，"没有去过铁花村，就不算来过台东"已成为地方名言。

为什么选中音乐作为"铁花村"的灵魂？

"走江湖"的台湾主办方是"野火乐集"，那一趟台湾行，野火歌手陈永龙是演出时的嘉宾、下台后的导游。在台北他甚少饮酒，虽然他是以酒风浩荡著称的原住民。只有回到故乡台东，他才会放松拼酒。台东演出前，他开车带我们参观他的南王部落。原住民的音乐基因在此弹丸之地爆发，国内早已熟悉的金曲奖常客陈建年、纪晓君与陈永龙都有着血缘关系，而永龙姐姐参与的"南王姊妹花"则是 2009 年金曲奖"最佳演唱组合"得主。边开车边指点两侧民居，陈永龙微笑地说：这条街，是金曲奖一条街。

台东是原住民聚集地，有阿美族、卑南族、鲁凯族、布农族、排湾族、达悟族等民族，原住民能歌善舞，此地被称为"歌乡"。以前，爱唱歌的年轻人，如陈永龙，都必须北上台北才有演出机会，"铁花村"则给他们提供一个本地的舞台，让大家来唱歌。

有这样的底蕴，铁花村才能骄傲地说出："音乐是铁花村的根。"

铁花村的舞台在露天，两棵大树合围，2 月份的天气，穿件厚外套就能在室外久坐。傍晚时，市集上灯光一盏接一盏亮起来，观众陆陆续续往里走。和国内音乐节上市集不同，"慢市集"除了展售台东艺术家作品，还有许多当地农产品，凤梨香蕉枇杷的旁边，是南瓜番茄小油菜，洗得干干净净摆在这小清新的氛围中，看演出顺手买了明天的菜。这是有心的设计。"农产品最大的问题是销售"，帮台湾农产品找渠道，已成为农民、农会、知识分子共同关心的问题，市集是渠道之一。在市集里卖农产品是不用交税的。

舞台下有椅子，也有人坐在后面草坪上，中间铺块布，摆上啤酒小吃。跟内地民谣演出比，观众不算多。不过这里不是台北，而是台湾人口密度最低的区域，台东县人口只有二十多万，且以农业人口为主，在现代社会，这意味着该地经济落后。事实上，和大陆的农村一样，台东县的年轻人在二十世纪七八十年代已纷纷外流到大城市，但近二三十年，台东市的人口开始回升，这和台湾这些年的"社区建设"、发扬"在地文化"运动密不可分。台下这些年轻人，也许本来只能是一个"台北漂""高雄漂"，如今却可以坐在故乡的草坪，在下班后看一场演出，今天是大陆歌手，明天或许是欧洲民谣。将此舞台及观众放在农业衰退的大背景下，这些三三两两的年轻人、这个舞台就显得弥足珍贵。

演出前，"野火乐集"总监熊姐预告：台上唱完，当地部落会来唱歌酬答。"他们可以连唱几个小时"，有次她实在撑不住睡着了，一觉醒来还在唱。果然，第二晚演出结束，送歌的人到了。开场献唱的是"南王姊妹花"，弹吉他的是永龙的姐夫汪智博，一个奢侈的金曲奖阵容，她们刚刚出专辑《巴力瓦格斯》，在台湾交响乐团伴奏下，重唱卑南族音乐灵魂陆森宝的经典作品。生于1910年的陆森宝有感于年轻族人不再唱卑南老歌，而写下大量卑南语歌曲，期望族人能回乡相聚，到会所跳舞，参加年祭，"当我一再一再地唱着那些来自部落的歌，不管我在何地，我都知道，那是我美丽的家"，他的歌成为卑南族的心之归依处。

不像汉族的害羞含蓄，无须准备，张口即歌，甩手便舞，村长和姐妹花们早已载歌载舞，神态豪迈，舞姿是传统的，有着明显的祭典的痕迹，原来卑南族的"大猎祭""猴祭""年祭"均有盛大歌舞活动，这一传统保留至今。

那天喝的似乎是小米酒？喝酒加唱歌，这注定是一个难舍难分的夜晚，有人劝酒，怎能不喝，连夜歌舞，怎能不醉。散场时，每个人走出来都哼着刚刚学会的花莲"太巴塱之歌"，半年后，在淡江，"台湾文学营"演出结束后聚餐，酒过三巡，张玮玮唱起此歌，胡德夫胡老师微笑点头：一听就知道你去过台东！顿一顿，又说：这歌唱起来你们走得了吗？这是首一人领唱、众人应和的歌，唱和不休，声声不息，简直可以无休无止地唱下去。好不容易结束了夜饮痛歌，智博送行，登上巴士后我们又高唱此曲，一车人合唱得热血沸腾。

我听不懂歌词，但听得懂歌声里的泥土的根系。这是他们的故乡，他们的部落，他们的语言。这歌声因此如被土地赐福，一咏三叹，丰厚壮美。

如果说铁花村送歌的人是专业歌者，第二天的达鲁玛克部落则让我们见识到什么叫"歌乡"。"达鲁玛克部落位于卑南乡的东兴村，也是台东县内唯一的鲁凯族生活区，生活在山上，号称山林之子"。不要被网上这样的介绍迷惑，认为自己会看到原始部落族群。事实上，部落通车，山下就有 7-11 便利店，年轻人越来越多地搬下山，各种生活设施都更方便。但他们仍然保持了许多传统习俗。进村时，我们被带至村口纪念碑下，长老举行祭山神仪式，准备简单的食物，指头蘸水酒洒向天空，逐一念出我们名字，祈求山神驱走不吉之物，保佑大家平安，并叮嘱离开时记得念三遍自己名字，将灵魂带走。

我们赶上小米播种日，是极简单的播种技术，在地上刨坑，后面一人跟着播种。遂一同劳动。因为这个举动，我们不再是游客，而是客人。之后被带到茶棚休息，烧火的大婶手边放着矿泉水瓶，里面是淡黄色的酒浆，喝水一样痛饮。我们也人手一瓶，这不是市面上放太多糖的软饮料，而是有些度数的粮食酒浆。干活的人们，三三两两走过来，坐在石头上树枝上，呷口酒，放松下来，忽然山里就充满了高亢明亮的歌声。山林之子，是要这样的高亢才能穿透密林。《月光小夜曲》《南海姑娘》……称不上对歌，但我们也用自己城市里长出来的没有穿透力的嗓音努力应和。大婶喝光了几瓶酒，我们尽量在醉倒之前告别，走到半山，大婶又高声唱起《再会吧心上人》，歌声一路送我们下山。大家相互提醒叫三遍自己的名字，头插部落小伙摘来的红色扶桑花的巫婆，喃喃说如果喊金城武，他会不会附体。

回到有便利店的山下公路，回头，山腰的村民已被密林遮蔽。从山腰到山下，短短一截路就从传统走到了现代。这个部落在开发旅游，但并未因此就放弃外人进村祭山神的仪式。仪式虽简，但长老的认真让一干大陆来的无神论者也变得肃穆。最后，是共同劳动让他们接纳我们，继而拿出酒和音乐招待客人，这时，他们更像一个部落，而非旅游景点。

我羡慕他们在传统和现代之间行走的从容。

有人搬下山，也有人往山上搬。

第三次去台湾是去参加 2012 年 7 月台湾"文学营"的活动。对热爱文学的人来说，讲师阵容奢侈，走在淡江大学校园，一抬头就看到骆以军，旁边还走着张大春。

我去听了朱天心的讲座，主题叫"我的街猫朋友"。讲座开始，天心先报上自己的猫数：家里 18 只，屋外头 40 只。众人低呼，她说这算什么，她们组织里的爱心妈妈，最低都是两百只起步，听说她外面只有 40 只猫，都觉得她好幸福。因为流浪猫数量剧增，收养饱和，爱心组织决定从源头入手，开展 TNR- 诱捕、绝育、放回。为了抓猫做手术，朱天心和朱天文两位作家分工，姐姐天文是细心的处女座，负责守诱捕笼。没有诱捕笼时，出发前，天文都要把自己裹成木乃伊，仍不免被抓得伤痕累累。

对我，这是一个陌生的话题。定期喂养数量庞大的流浪猫，甚至自己被抓伤，隐含着将流浪猫放至与人平等的地位，在大陆，这样很容易被讥笑为白莲花圣母心。是不是我们的生存环境太严酷了，如果人还住在群租房里对付着活，也许就会觉得凭什么流浪猫可以活得滋润惬意？我们会不会觉得流浪猫的问题是小事，因为总有更残酷的、伤害公众权益的事情发生？

淡水曾有一次针对流浪猫的大规模的安乐死，天心等人赶去已抢救不及，怒找当地官员谈判，最后官员保证：淡水再也不会发生这种事。官员居然会对平民认错，这对我也是匪夷所思的。

也许流浪猫并非小事一桩，它折射出人们对生命的态度，以及各种社团在社会中是否都能得到政治发言权，后者是衡量一个社会是否多元化、民间社团是否有生命力的标准。

十几岁时看天文天心的文字，如果说邓丽君启蒙了大陆一代民谣歌手，朱家姐妹则是我少年时代文学启蒙：原来在铿锵有力的革命叙事之外，中文还可以这样蒹葭苍苍白露为霜。那天最后，女作家朱天心还是谈回创作，她说：我喜欢的作家开发的都是人的疆域和边界，是不被注视的、受折磨的族群。这回到一个老问题：作家必须要关怀弱势吗？它不是一个道德问题，而是只有你关注到了这些，你的视野才是完整的。

所以，朱家姐妹厌恶政治，天文曾在《巫言》中写尽台湾选举时的光怪陆离，一地狼藉。她们也有意和当下保持距离，如今在自媒体上与读者"晨昏定省"似已是作家标配，唐诺与朱家姐妹不开自媒体，拒绝出书后以自媒体宣传新书。但她们以一只只流浪猫和社会保持关联，并在必要时以其反馈改变社会（淡水官员的认错）。

你可以说，这不过是台湾的小清新，但我认为它们绝不只是小清新。

文学营结束后，胡德夫老师带我们上山。是宜兰山中的泰雅族不老部落，最后一段路需换乘部落开下来的吉普车，颠簸晃过干涸河床和山路。"毕竟是山上，交通不便。"我暗想。

七八年前，45 岁的台北景观设计师潘今晟厌倦了都市生活，想做一件有挑战的事情。他妻子是泰雅族姑娘，在宜兰山中继承有田地。他们回到山上，游说相邻地块的 6 户原住民，试图重建一个泰雅人部落，真正在里面生活、生产，找回传统的族人精神，取得现代与传统的平衡。

1– 酒过半巡，有人抄起吉他，歌声又起（左侧白发者为胡德夫老师）

村落在半山，这里那里有些三角小木房，并不起眼。建筑尽可能就地取材，落地窗帘是不同色块的蛇皮编织袋缝制，垒院子的是山中碎石和树杈，堆叠产生层次丰富的美感。公共用餐处是一个敞开茅草棚，座椅是大木墩，长桌是更为粗犷的原木巨桌。我们参观时，村民在看不见的地方干活，午饭时，所有人都来了，生旺篝火烤山猪肉。山猪会来吃小米，所以村民也打山猪吃，这是一个公平的食物链。猪肉用小米腌，放在陶瓮里，压填结实不留空气，小米持续发酵，肉始终保持在即将腐烂尚未腐烂，生吃鲜嫩柔软。也可烤来吃。小米酒是淡黄色，好喝，很多人据说都是清醒上山，醒来时已在山下。食物虽粗犷，酒器、餐具却精致，WiLang 说是按照法餐的程序，一道道上菜，饭前和饭后的小米酒也会提供不同口感。

如今叫 WiLang 的潘今晟是不老部落的长老之一，当初的七个家庭，每个家庭都有一位长老，重要事情共同决定，一起吃饭，一起劳动，部落成员按工作拿工资，男人打猎、种香菇小米，女人按泰雅工艺织布,每天接待游客不超过 30 人,每客两千多元台币,提供以自然农法种植的有机食材。观光收入在部落总收入中占 1/3,不得超过 50%。原来并非交通不便,上山的最后一段路是故意不通,避免无预约游客突然而至。

酒过半巡,有人抄起吉他,歌声又起。这里十几岁的男孩也打赤脚,敏捷行过嶙峋山路,以培养追猎山猪的能力。无人怯场,一双双眼睛又黑又亮。这也是为何要控制每日预约游客人数,人再多,就没有这样家人的氛围。据说有次,受山中气氛感染,一个男生当场求婚成功。

饭后被带去午休。同样不起眼的木头平房,里面设施却是星级酒店,屏风矮墙后有石砌浴池,晒了一下午,水正温热。旁边是落地窗,泡澡时可以与青山对望。盘坐在门口木头平台上,正对宜兰丛山,骤然急雨行过,山峦如染,一道彩虹自山巅升起,没入云中。

比之更原生态的达鲁玛克部落,不老部落是另一种尝试,在部落生活已被破坏之处,以现代理念修复、生态耕种、有机食物、预约观光、法式程序原住民料理,无不是都市营销概念。看似不起眼的山村,在地下也铺有排水及电力设施——不老部落,有一个现代化的硬件;但其核心是"部落精神",比如控制游客比例,拒绝变成一个彻底的旅游景点,而坚持部落的生活方式:打猎、种小米。已流传无数代的生活方式如一条大河,传统风俗的灵魂如水草,只有在此河水中方能保鲜。打猎、种地,看似辛苦笨拙,却塑造了"不老部落"有别于其他地方的灵魂,就像达鲁玛克的祷告山神,你能感到,这些地方是有灵魂的,这,是他们的力量来源,持续生存之道。

他们展示的,是现代与传统对接的另一种可能。并不是古老的就是落后的,式微的就是过时的,古老传统经过现代人的发掘,同样可以焕发魅力,这需要"现代"克服自己的傲慢,"传统"展示自己的包容。

第四次台湾行,是受《读库》委托采写台湾农业。印象深刻的是,台湾农民虽然也风吹日晒面色黝黑,但并无自卑羞怯之色。这样说可能很蠢,农民难道就该自卑羞怯?可是大陆农民,尤其是出现在城市里的农人,总有仓皇自卑之色,沉默寡言。在台中乡下,我列席产销班会议,一个乡村的微型社会结构呈现眼前,它内部有利益合作、人情往来、技术学习,

是血缘及地缘结构之外的另一种补充。我请教其中一人姓氏，该长者微微一欠身，"小姓姓黄"，举止间的优雅矜持难以言喻。看似粗犷的书记，记录班级活动，竟是一手端丽隽拔书法。七十岁菜农刘胜雄还在大学上农业培训班，跟教授学习，学着接受田里长草的新理念，"台湾农民都很聪明的，看一眼别人怎么做，就会了。"他眨眨眼，又俏皮又自傲。

自傲，这是台湾农人给我的最深印象，不管贫穷富裕，他们都有一种怡然自傲之色。它从何而来，是他们比大陆农民更富裕吗，不见得，大陆农人许多在城市打工，收入可能比他们还高。我试着分辨其成分，隐约是一种安全感和归属感混合的自我认同。生活中按部就班的规则多，遇到事情，你知道自己可以从哪里得到什么样的支持，比如台风过后的灾损补助，有规则可依，生活和行为的边界划出，每个人都知道自己行为的后果。最后，不富裕但殷实的生活也支撑了农人的自傲。我在几位农人家中吃过饭，印象最深的是稻农王连华家，午饭有五个菜：一条煎鱼、炒小白菜、炒空心菜、蒜苗炒肉片，一小桶冬瓜排骨汤。主食米饭。男主人和客人先吃。算上还没吃饭的妻子和两个小孩，只能算不清贫。他们房间，四壁仅以水泥涂刷，通往三哥家的过道干脆裸露着红砖，印证了这种并不富裕的印象。但也有崭新的农物烘干机、大屏幕液晶电视、电脑，王连华的三星智能手机。除了大卡车和各种农机，尚有两个代步工具：一辆小皮卡，王连华用；妻子出行，骑摩托车。他们的生活，乍一看不算富裕，但内里并不匮乏。后来我终于找到一个词能准确地形容这种状态：殷实。

想起第一次台湾行，我们去台南美浓镇拜访歌手林生祥。在美浓的一日三餐，都是健康清淡。因文化生态丰富，美浓也有外来艺术家定居，但沿路所遇，大多穿着朴素，艺术家和农民的区别并不明显，如北上广大城市的时尚打扮更加少有。美浓的生活，不能说是富裕的，农业的衰落仍在延续，

1– 美浓的田野风光
2– 林生祥

出于贫穷绝望而染上毒瘾的问题这里也有。包括多次获得国际音乐大奖的林生祥的家也并
不豪华，放 CD 的搁物板是用水泥砖垒成，放至大陆农村也不算出挑。

令人感到这种生活可贵的是许多细节：生祥岳父家开有一家名为"湖美茵"的民宿，庭院
里种有大树，靠山的水塘中，养鱼养鹅，下的蛋变成我们的晚餐。每天上午，太太带女儿
到这边玩，因为院子大，小孩跑得开。冰箱上贴着磁贴，提醒父母每天要吃的维生素种类。
如今我知道这种生活就是朴素而殷实。并非林生祥是歌手才能过上这样的生活，而是因为
他回到了乡下。

美浓人口约四万，以烟草、耕种为主业。从巴士站出来，看到美浓的第一眼，没有高楼，
窄街旧屋，若不是招牌上的繁体字，和内地八十年代的县城并无不同。痴爱台湾音乐的邱
大立，打听多次举办演出的"双峰公园"，路人一指："喏，就是那个小草坪了。"因为
反水库运动，及因此诞生的经典专辑《我等就来唱山歌》，已变成当代音乐史上"圣地"
的美浓，原来如此不起眼。第一眼印象，是微微失望的。后来我发现，对台湾的印象，就
在这"微微失望—肃然起敬"之间不断反转循环。

此地曾以养猪为主要收入来源。摇滚青年林生祥回到乡下，一段时间内，台北朋友相互问
生祥在干嘛，"在帮妈妈养猪。"那段时间，大概是林生祥的低谷期。在台北，他只是无
数摇滚青年之一，彼时故乡掀起反对政府筑水库运动，他也想出一份力，为父老乡亲义演，
电吉他响起，老乡一哄而散。后来的故事许多人都知道了。汲取传统音乐，回归民族乐器，

以客家语发声，他和词作者钟永丰合作的反映美浓反水库运动的《我等就来唱山歌》等专辑成为经典。

如今，因污染环境，政府回购养猪场，引导美浓人转型。岳父家的"湖美茵"前身即是养猪场，荒废一段时间后改为民宿。林生祥的几张专辑，都是在美浓的天然环境中录就。《我等就来唱山歌》是在作家钟永丰家的烟楼上，控制台上飞着苍蝇。《大地书房》《种树》是在"湖美茵"，乐手累了，就出来坐在视野开阔的池塘边，对着青山抽烟。他的乐器是月琴，他以客家话唱，唱的都是乡村在现代化进程中的失落与挣扎，他合作的乐手来自日本，专辑母带是在德国慕尼黑混音，多次获国际音乐大奖。他本人的人生轨迹越来越回归、缩小到仅有四万人口的美浓镇，但他的音乐却由此获得了根植于土地带来的力量，走向更开阔的世界。犹如内地八十年代县城的美浓是林生祥面对世界的底气，这里虽小，但发生的事情并不小，正是农业社会在现代社会里的凋零与自救。

我问他，会不会闷？大陆的乡村如今多是老人妇女儿童。美浓也有过类似的趋势，年轻人返乡会被视为"在外面混不下去"的失败者。不过，当初反水库聚集起来的人，在运动胜利后仍保持联络，结伴返乡，组建"美浓爱乡促进会"，因为有一批这样的人回来，美浓成为一个有意思的地方。

比如，始自 1995 年，以客家古礼举行，至今已 20 届的"黄蝶祭"，当初是因反水库而起，如今变成美浓客家文化生态的一部分，比如，台湾农村或城市边缘地带男青年娶妻困难，只好迎娶外籍如越南印尼等地女性。生活差异、语言不通、妻子的精神压力，乃至后代教育都变成社会问题。1995 年，美浓开办"外籍新娘识字班"，教说本地话，融入当地生活。之后，该班联合其他地区组成"南洋台湾姐妹会"，为台湾地区的外籍配偶提供服务。林生祥也为此创作《外籍新娘识字班之歌》……在台湾举办的村落社区改造网络调查中，因丰富的客家文化和自然生活方式，美浓获票选第一。

印象中，歌手或者说艺术家，都有狷狂遁世一面，但我见到的林生祥的角色更为入世而复杂。我们到美浓的当天，他在当地有小型演出，面向"美浓爱乡促进会"联系的台北游客，仍是日常宽松衣衫，唱一会儿，聊聊创作背景，大多与美浓的生活相关。看得出来，他早已习惯这样的场合。大陆歌手"唱出来"后，都更愿意进剧场、体育场，在专业的演出环境唱给专程而来的听众，所以，我稍稍有点吃惊：就像没把八座金曲奖奖杯放心上，林生祥似乎也放下了一个专业歌手的虚荣和骄傲。只有在夜晚独处时，和大陆歌手以乐器"手谈"，对方弹月琴，他抄起吉他应和，坐在窗前，脊背

1– 淡水的傍晚

微弓，嘴边叼一支烟，吉他意外地汹涌有力，我想起他说自己习惯晚睡。许多夜晚也许都是这样，有人，就弹给朋友听。没人，就弹给自己，弹给窗外美浓清寒的山水听。只有那一瞬他露出了锋芒，像一个剑客，夜夜磨着一把剑，锋芒来自孤独。

因为我夸美浓，许多朋友督促我贴照片，老实说，美浓的山水并不出奇，我去过张家界、藏区、内蒙古，内地的大山大川更美。美浓举办"黄蝶祭"的双峰山不高，一会儿就能爬完。它的意义在于通过客家古礼引起人们关注生态。令人感慨的是，作为旅游资源并不出奇的双峰山，可以把"黄蝶祭"做到第二十年，在海内外声名远扬。而一路上山，树上挂的植物标识、环保提醒都让人感到它的被人呵护。回想我去过的内地的大山，奇观、壮丽、都不缺，缺的是这种被呵护、被珍视的感觉。

是的，美浓的山水并不出奇，它只是正常的青山绿水，空气干净，河流清洁，有宽敞的院子供小朋友玩耍。台北的朋友说这很正常，只要愿意回到乡下，都能过上这样的生活。但我的经验是，在大陆的乡村所谓青山绿水的田园梦更多只是存在于理想中。这样看似普通的青山绿水、鸡犬相闻的乡下生活，背后是一代人努力的结果，是一批年轻人选择回故乡、建设当地文化生态、不过度开发，停止污染的养猪业，是在青山绿水受到威胁时，人们有能力也有渠道反抗并能取得胜利……美浓这貌似普通的平静生活之下，是不普通的现代政治结构、朴素有力的乡村建设理念。正如已故美浓精神领袖、作家钟铁民所写："农村的发展不要再朝向大众化、都市化的路子去走，农村要享有高层次、精致的生活品质，就应该设法保持农村的清纯的景观，突显传统文化的特色。让农村永远是人们心灵中的归宿、感情中的故乡。"

在各种"社区建设"案例中，通常是一些外来者、城里人给农村提供理念和资金技术支持，这样的建设中，外来者如何能摆脱一种居高临下的设计感，如何能体会当地人的真正需求而不是将先进理念强加于后者，这当中需要的不是观念或能力上的高超，而是与当地融合，与当地人形成共生的能力，它通常需要这个外来者在当地居住几年以上，才能赢得最保守的农民的接纳，方能获得另一种视角——当地人的视角。只有从当地人的角度出发，所有的变革才是适合的、能够推广的、不会在城里人离开后变成一堆废弃设施。而美浓的意义在于本地人建设故乡，它显示出，"社区建设""重造农村"这些看似精英化的运动，并不只属于外来的知识分子，而就在每一个热爱故土的人的手中。它需要团队协作，而不是单打独斗的英雄，最终，看似普通渺小的个人，将在这过程中成长。他们重塑了乡村，而土地和传统给予他们力量，就像猪农的儿子林生祥从美浓得到的那样。

作为大陆人，在台湾旅行是一种愉快的体验，语言相通，面貌相仿，而遇者多彬彬有礼，其浓厚的人情味在乡间更有体会。台北的中国各地美食，可能比北京还要密集，这边，写着来自云南腾冲的胡椒肉饼，那边的菜肉大馄饨，点明是宁波老店。大到省，小到一个县，饭馆的创建者都会在招牌上写出自己的出处，一个出处就是一篇故事。这些美食，跟它们的主人一起，走了十万八千里。每每被街头漂亮的繁体毛笔字击中，总会原地迷惑一下，像是穿越进入大陆的另一个平行空间。是以，《读库》约写台湾农业时我毫不犹豫地答应下来。我想知道，在历史小径的分岔口的这一边，他们经历过什么。

必须强调，从一个大陆人的角度看台湾农民，也许会有一个因为是外来者而造成的参照体系的偏颇。如果我对一位台湾农民说你们真幸福，台湾当局好照顾农民喔，我怀疑我会被打——事实上，在采访社会活动家杨儒门时，因为我流露出对台湾农人的羡慕之情，杨儒门当场冷下脸来问我是不是拿"政府"钱了。一个在外人看来不错的福利体系，生活其中的人仍然要面对自己生活中的痛苦与损失，要为自己的权益激烈地抗争。并且，正是因为有了这些痛苦与抗争，有了在我看来显得极端的杨儒门们，才有了对农政策的不断调整——幸福并非从天而降，而是靠民间力量的激烈争取而来。这是台湾给我最大的教育。

台湾的乡村、台湾的农民与知识分子、台湾的社区建设给我更深的印象，他们组成一个个微小但具生命力的单元。台湾的传统东方之美，乡下的礼乐风景、历经现代化冲刷而犹未丧失的原住民的精神、农民与土地之间的情感、每个地方独特的美食，而不是千篇一律的旅游纪念品。最重要的，人们脸上友善的表情，这一切才是台湾的魅力所在。人，是台湾最美的景色。就像台湾的小清新之下，是历次社会运动打下的结实的民主基础，台湾的独特魅力也绝非轻飘飘的美，它的美来自农耕社会向现代社会转变中，对于传统的挣扎保留，而不是被行政意志一刀切地推进一个崭新光滑的现代化。人们对此过程的辗转消化，像蚌壳里的沙粒，磨亮痛苦后的光芒。这些有异于欧洲或美国的小而美的细节，让台湾正是台湾。

何其有幸，我看过台湾最美的表情，听过它动听的音乐。

摘自绿妖新书《如果可以这样做农民》

1– 台北中山纪念堂附近老咖啡馆
2– 繁华的台北深处还有古老的青草巷
3– 台北的大隐酒食

采菜记 夏日挖笋

Midsummer day of Harvest

Text & Photo | 刘克襄

刘克襄

绰号鸟人、山人，台湾作家、"自然观察解说员"。从事自然观察、历史旅行与旧路探勘近三十年。作品有小说《风鸟皮诺查》《座头鲸赫连么么》《野狗之丘》《永远的信天翁》；诗集《漂鸟的故乡》《巡山》；散文《小绿山之歌》《失落的蔬果》《11元的铁道旅行》《十五颗小行星》等。曾获开卷十大好书奖、吴三连文学奖、台湾自然保育奖、台北国际书展大奖等。

1– 采摘空心菜的阿公
2/3– 台湾的竹林与绿竹笋

时节入夏后，香港的菜墟常有绿竹笋现身，长相肥大，甚是吸引人。探问贩笋的大婶，此物从何而来，她说是台湾的。我嫌远了，不尽新鲜。印象中，广东也产绿竹笋，距离近，应该较好。但我最熟悉的，还是台湾产的。

接连几天，吃友人现采的自然农法栽种的新鲜绿竹笋。这批绿竹笋出土后，随即整颗洒煮，或切片滚汤，都未加任何料理，各自充满鲜甜生津的口感。感动之余，隔日便去现场，亲自体验挖竹笋的辛苦。

那是一块位于台北山区，斜坡上的绿竹园。据说，斜坡地生产的绿竹笋，质地往往比平缓郊野的更好。每一地的绿竹笋成熟季节不一。在此山区，海拔半百，竹笋产季约莫在端午和小暑之间，两节气各有一批盛产。

七月初，处于产季中间，可能较青黄不接，但平时还会冒出。雨水少，冒得或许不多，甜度却较甜。若雨水普及，绿竹笋产量会增加。栽种的友人平常挖笋都是三天巡一回。下雨过后，绿竹笋冒得更快，检视的天数还会缩短。

自然农法的绿竹笋，不点药和施肥，照顾上往往比一般惯行的还要花体力。平时就得随时除草做肥，或者耙堆泥土。枝茎整理得当，才会有丰收。友人喜欢凌晨两点起来挖，那时蚊子还未上班。通常，笋农挖取的时间落在三四点，这样才能赶到传统早市贩卖。

挖竹笋，宜着雨鞋和手套，再手持专门挖笋的笋刀。笋刀呈长方形，刀头最好常磨，保持犀利，方适合铲笋。友人常携带大小不一的笋刀。山坡地环境复杂，他得随时变换，选用较适合的一把。

一片绿竹林，远观时，绿油肥亮，往往竹笋都会长得不错。挖竹笋得先观看竹丛下的泥堆，循新竹的节点方向巡视。若土堆略微产生湿痕，或有土堆稍微崩裂，形成小小的隙缝，十有八九即可判断，里面有一颗鲜笋正在冒发。

在山坡地挖竹笋，初尝试者，没挖四五颗，早就筋疲力尽。熟娴者，没一刻钟，袋子里早有八九粒，牛角状的。自己挖过，再了解栽种长时照顾的辛苦后，看到笋农往往心生尊敬，尤其是自栽自食，不是刻意专门贩卖的人。

好吃的竹笋，挖出后，最好两个小时内处理，以冷藏为佳。如此采收的，鲜美自不在话下。连竹笋蒸煮熟后，剩下的笋水，都是一道美味的汤头。此时品尝竹笋，若再用色拉或盐巴调味，我都觉得有些亵渎。

1– 作者手绘的绿竹笋和水耕空心菜

每丛土堆的绿竹，一般三四根。其中都有一棵老竹，杆茎较苍黄，另有两三棵深绿的新竹。过了小暑，竹笋挖取结束，就得清除去年的老竹。再挑选一棵今年的新竹，作为母株。接着让竹笋从地冒出，长出幼株。栽种者可挑选一二，作为明年摘采的子株，一代承传一代。

我摘采的这片绿竹林，生长于此一斜坡近半世纪。友人不仅未施过化肥，更不懂得如何喷洒农药。他只会以落叶堆肥和除草的方式，跟这块绿竹林对话。挖取的，除了自己食用，便是分赠亲友。这样天然的绿竹笋，大小形式不一，即无牛角，也不见得肥大。但外貌不用严选，颗颗都有主人的心意，那是市场难以找到的顶级食材。每年端午时节，人家吃粽子，我都会无端想起，这一山区的绿竹笋。一直到小暑，随时都在惦记。

除了挖笋，最近去淡水一泊二宿。旅馆附近不远，有块浦仔地，种了许多水耕空心菜。这一环境让我想起自己在岭南遇见的菜园。水耕空心菜，我在广东看到以柳叶型为主。此间多呈盾牌状的宽胖，据说是北台湾古早型。

一对阿公和阿嬷正在卖力地采摘。空心菜旁边有栋小寮屋，地面铺成水泥地，中间设有方形水潭。空心菜割取后，都以菜篮子挑运到水潭清洗。但那水系从旁边的小溪沟引进，水质混浊，只能略微把污泥洗去。水潭旁边还有磅秤，洗好的空心菜马上绑捆，当场论斤卖给骑摩托车在旁等候的盘商。通常，绑一大捆约莫九到十斤。一斤可卖台币三十元。盘商载走后，迅快骑到菜市场，再分批贩卖给小农和菜贩。

前几日，台风天刚刚横扫全台，菜价上扬。南部空心菜上不来，小农在此贩卖本地空心菜，应该可获利不少。菜农没时间跟我聊天，因为大家抢着要订购，他们也在赶时间出货。我在旁边静默观察，菜农头上犹挂着头灯，无疑是一大早出来，摸黑就得收割了。今天应该可摘采三分之一个篮球场大的面积，花了近两个小时。十天内应可清空整个园区。收割后的田地，尽管水汪汪如大涝才过，但一个月，枝梗继续生长，嫩叶冒出，又会形成青翠茂密的菜园。从三月到十月结束，每年水耕空心菜的繁华盛宴，便如是起落。周遭住民得以有夏日当令的蔬菜，且是在地食材。

十月以后，菜园就休耕了。浦仔地因为容易陷下去，人踩其上不方便工作，因而此地不会保住水源，直接放干。明年再买种苗，栽种之。

同样种空心菜，岭南一带略有不同，或者说更物尽其用。有些空心菜园收割后，随即改种西洋菜。等天冷时，附近市场便有香气十足的西洋菜摆售。从两地对照时空即知，空心菜根本就是热带蔬菜，且因不同生活文化和地理，品种会有调整，但又仿佛拥有共同的基因和生长密码。再看昔时世界空心菜的分布，岭南和台湾都属偏北的地方，南边的印度尼西亚和马来西亚才是大本营呢。

一般空心菜在成长过程里，多半会喷药。我抓紧空闲时，技巧的探问："田里一堆金宝螺的红色卵，难道不除掉吗？"农民的回答就相当妙了："那卵来不及处理，还有其他要先解决的虫害。"

水耕的，据说农药确实用得比旱作少一些。但至少要喷两次，才能确保这片空心菜不长害虫。其实若使用苦茶粕，可以有效防治金宝螺的肆虐，不会残留任何余毒茶粕。我在台中观看，农民少说也要喷洒一回。

无论如何，这样的早晨散步，真是上了一堂宝贵的空心菜学。蹲在菜田观看这种平日里吃最多的蔬菜，今天或许是最了然的时候。也因这番明了，以后买空心菜时，当会审慎更加。回家冲洗时，才能彻底清理掉菜茎上残留的农药、虫卵和污泥。

一般人买笋，用途甚是广泛。若当主菜，多水煮或蒸煮，冰镇后沾色拉食用，风味绝佳。若煮汤，光是竹笋的质地即可充当主角，无须其他料理。

至于空心菜，常见者多以大火清炒，或加辣椒。抑或氽烫后，淋以油葱之类。因是寻常食材，此一台式吃法，如今着重吃得清新，不以繁复功夫取胜。

1– 采下来打好捆的空心菜
2– 清炒空心菜

南门市场的大江南北

The Universe
at Nanmen
Market

Text & Photo | 张典婉

张典婉

资深媒体工作者，《台湾联合报》两届报道文学奖得主。籍贯江西南昌，在台湾苗栗头份客家村成长。父亲曾为康有为万木草堂最后门生。母亲乘坐一九四八年太平轮到台湾，从上海富家女到苗栗客家媳妇，籍贯改为台湾，生前常谈及太平轮的往事。张典婉二〇〇四年起参加《寻找太平轮》纪录片采访，后出版《太平轮一九四九》一书，引发巨大反响。

童年在苗栗头份客家村长大，母亲是上海人，村子里几乎没有外省太太，只有斗焕坪营区和几位老荣民伯伯，村子里没有人和母亲说上海话，母亲却仍保有来自上海的习性及饮食习惯，年节时分，客家村落总是忙着蒸甜粄、发粄、菜头粄，空气里是父亲熟悉的客家年味，母亲呢？总是寂寞安静许多。

幸好母亲一些好姐妹，都还记得老上海的年味，记得几位阿姨们每年带来南门场上海松糕、宁波年糕，一路舟车往返，带着家乡味，千里迢迢走过大半个北台湾，让母亲在味蕾中弥补寂寞。在那个没有高速公路的年代，可是个巨大的工程。

过去没有高速公路，连汽车都不普遍，台北车站到南门市场，公交车一小时才一班，冒着黑烟，喷得乘客脸上都是黑灰，有些阿姨就专程坐三轮车到南门市场，拎一篮子年菜，从台北坐客运巴士，慢慢花上一个上午转车、换车、走路、坐着小三轮，才到得了家里的果园，可是阿姨们总有办法让上海松糕及宁波年糕，夹着一些火腿、腊肉，一路飘香越过桃园、新竹、到苗栗头份客家村。

长大后，到台北读书、工作，摸熟了南门市场。于是每年我代替了阿姨们从南门市场带年菜的工作，除了母亲爱吃的甜食，带回家的菜色，也随着台湾经济起飞丰富了许多。

母亲过世后，发现自己早养成了南门市场找年味的习惯，当然也是当了近三十年的母亲之后，发现上南门市场，就像极了寻找母亲那辈的家乡味。也是交给儿女传承味蕾的坐标，每回去了南门市场采买，回家后望着餐桌的葱烧鲫鱼、曹白鱼红烧子头、冰糖莲藕……女儿就会说今天的菜色很婆婆，仿佛上一趟南门市场就是纪念母亲的仪式。

南门市场从 1907 年开始营运，当时这一带行政区是台北市千岁町，与士林市场及西门市场同为台北市最老的菜市场，台湾博物馆规划师凌宗魁考证中，日治时期千岁町分三丁目，为今金华街、南海路、杭州南路范围内，町内有砖造之千岁町市场，是城南生活圈生活必需品的补给基地，市场建筑型制与今仍保存的市定古迹士林市场相近，规模宏大，战后改名南门市场，1981 年拆除改建为复合式功能大楼。

千岁町东北侧为新荣町，分三丁目，为今罗斯福路、金华街、爱国东路、杭州南路内，靠近台湾步兵第一联队及台湾山炮队等军事单位所在的旭町，此区战后仍为"国军"宪兵、陆军与联勤司令部营区，在军方单位迁移后，原欲规划为住商混合的大规模开发案，后因蒋介石逝世而改建为中正纪念堂园区。

短短描述不难看出，日治时期这一带属于军政重地，早期多是日本人买卖生活菜肴日常滋味之地，二次大战终战结束，日本人退场，取代的是随着外省军民南下，从大江南北带来的家乡味。这一带居民换上大量的军公教家属，也就是被称作外省人的台湾新移民。

1949 年，蒋介石政权在仓促中转进台湾，打出了长达数十年的口号，"一年准备，两年反攻，三年扫荡，五年成功"，许多人怀抱家乡旧梦，遥遥无期的等待，只能化为味蕾舌尖求得慰藉，却成就了南门市场的辉煌。

无论日本菜、本省菜或者外省菜，南门市场，近百年来承接了不同的顾客，满足了不同世代台北人的味蕾，埋下深深的记忆。距离一甲子的离散，聚合在千岁町市场，也是大江南北乡愁集散处。后来的南门市场，几经改建，如今是台北最有知名度的市场之一。这些年在台北市政府有系统的推动

1– 强调大陆家乡味是南门市场特色，小小
市场集中了大江南北口味，共同沸腾年节气
氛，年糕、发糕的式样繁多

2–"心太软"是近年走红南门市场新点心。
用红枣＋糯米，甜蜜松软吸引年轻族群。而
传统的江米糖藕，也是历久不衰

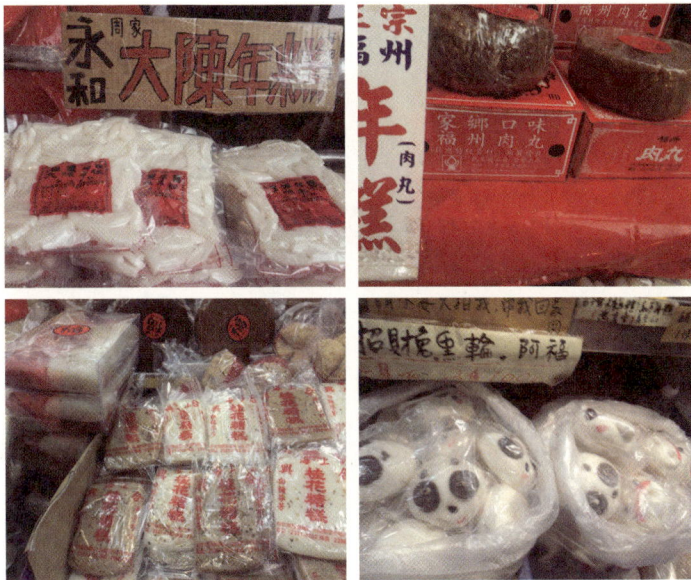

下，借由网络与媒体的宣传，加上电子商务推动，已让传统的南门市场经营改头换面，全天候营业，
兼具了传统市场与现代市场的风貌。

南门市场附近街道的名称，从南昌街、牯岭街到重庆南路等等各省地名并存。可以读出思乡之情。
这一带也是早期台北的城南旧事，林海音的纯文学出版社在重庆南路，余光中住过的厦门街，王文
兴《家变》小说的场景（今日的纪州奄文学馆），还有杨德昌的电影《牯岭街少年杀人事件》，都
曾经绕着南门市场附近流转。承继思念，小小一方市场，轻轻列出食物的名称：就如同聚合了大陆
所有省份的名产，大陈年糕、宁波汤团、湖州粽子、南京板鸭、湖南腊肉、金华火腿、广式肝肠、
绍兴醉鸡、酒酿、松糕、熏鱼、芝麻糊、腐乳、鱼干、冰糖莲藕、葱烧鲫鱼、荷叶排骨、酸菜白肉……
借着食物拼贴了记忆的民国版图。

摊位也是老店家一代传一代，如今已是第三代接手了，外省味也加入了台湾口味的店家，冲淡了南门市场的单一性。比如以肉干为主的"快车"，就是云林北上的老板，制作台式口味的各种肉干，成了市场新一代名店。每家店铺都有自家传世秘方，诉说着祖辈传家立业的过去和浓得化不开的思念，随着时间更迭，台湾各省菜系如今也像台湾族群融合一般，什么菜色都可以混血 DNA，悄悄地在餐桌展现混搭，如过去只卖潮州粽子的合兴，现在也卖台湾北部粽南部粽，台湾的餐馆几乎也不再是各省菜系泾渭分明，或是那么严苛地细细分江浙菜、港式菜、川菜。所以初到台湾的朋友常被菜单弄糊涂了，为什么每家餐厅都有道蚂蚁上树？或是小菜都有毛豆、烤麸，明明有卖腌笃鲜，但是同时也可上道港式做法的油菜心，其实从南门市场就可以看出微妙。

据说早年南门市场外，最常见一些老伯伯骑着单车来卖大馒头、杠子头。厚厚的棉被（保温）裹着家乡老味道，有位黄埔将军第二代台生大哥说了一段真实故事，他的父亲原是广东军系的将军，1949 年奉令撤退，结果军队连夜叛逃，只有一名副官忠心耿耿跟到了台湾，没有军队的将军，当然也不被蒋家信赖，全家挤在狭小宿舍，父亲薪水低，也不是将军了，全靠这位副官做包子馒头到南门市场附近叫卖，养大了他们兄弟姐妹，说起这些往事，已当祖父的他仍是泪流满面。

这些在市场老店家，则是各家手艺显身手，陪着台湾困苦艰难的日子，一路走过，初到台湾，许多食材做法南辕北辙，无法回老家，他们就把家乡味搬到台北，于是家谱化成了食谱，老兵或是家眷们努力搜寻记忆中的好滋味，每家老字号随便说来都是故事，在南门市场门口见着各式腊肠、火腿的老店家，万有全招牌，还是当时书法名家于右任亲笔题字。据说 1945 年，上海万有全老板派伙计带着两千只火腿来台湾找客人，太受欢迎，全卖光了，于是老板一直送火腿来卖，直到1949 年风云变色，卖火腿的伙计再也回不去，只好留在台湾，这位伙计后来就去向金华火腿传人学手艺，从卖火腿到自己做火腿开店，店名仍承继了上海老店的金字招牌，如今已成了台湾金华火腿的第一品牌，数十年来老店也不断推陈出新，应市场需求加入湖南腊肉、港式火腿、港式风味及台式口味，只是木板招牌黑体书法依然怀旧。

年轻一代接手，也加入了新的营销方式，用网络真空包装，适合现代人的生活步伐，甚至印制了各种简单食谱，推广私家料理，工厂也挪到阳光更温热的台南乡间，贴心的第三代还在最多老伯伯荣民们出没的荣民总医附近开设分店，让年纪大的老伯伯们来看病，顺便买家乡味，店员也多

1– 老字号隆纪板鸭是市场景点之一，现在老字号
由年轻人接班，穿上了新制服，开始了网购服务，
产品上也更加多元

2– 过年怎么少得了老酱料

3– 台湾万有全承袭上海本铺，1949 年后再也回不
去，就在台湾落地生根，经营得红红火火。店铺招
牌是当年于右任的题字

是近二三十年来嫁到台湾的各省大陆新娘，热情的乡音招呼客人，那天路过，店员阿姨还亲切地
招呼着老伯伯说："您还要买什么？说一声，我们一块快递到您家，货到付款不用拎得沉。"多
贴心的老字号。

南门酱园的经营迄今已有六十余年，第一代经营者是老板钟金文先生的父母辈，钟老板的父亲来
自苗栗县头份客家村，十多岁那年北上到万华市场一带向酱园、临园，便从当时开张营业了。钟
老板回忆，他小时候的南门市场尚未改建，南门酱园当时的店面位于现今面向罗斯福路的南侧入
口一带，是住商混合的二层楼房。年轻一代也常常在摊子里帮爸爸妈妈的忙，因此对南门市场一
点也不陌生。

从改建前到改建后，过年期间一直是南门市场客人最多的时候，不单单是外省人在年节会到这儿
买点家乡味解解乡愁，本省人也常常来此地购买一些物美价廉的年货（有意思的是这一带也聚集
了不少桃竹苗到台北打天下的客家人，就沿着古亭区一带安身立命）。南门市场的家庭通常连除
夕都在摊子里过，酱园通常只有大年初一能稍做休息，初二开始又得跟着父母团团转，为要带礼

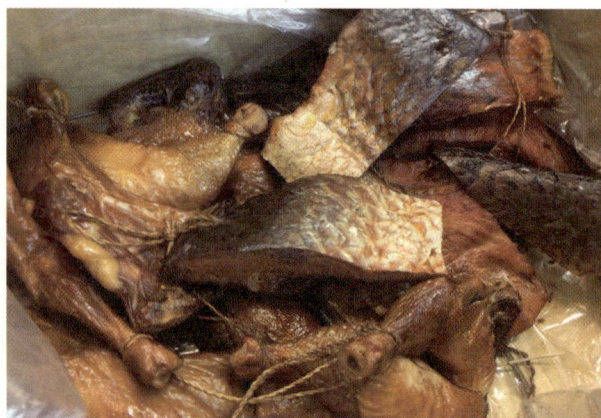

品回娘家的客人们重新开张。童年里几乎就是以南门场为家，辛苦岁月，仍是幸福满点。

台湾地区饮食习惯的改变，在传统市场中观察特别明显。过去，南门酱园卖的并不是现在看到的一些杂粮和南北干货，台湾人传统饮食以饭、粥等米食为主，南门酱园贩卖的酱菜、渍物和罐头等等都销得不错，然而近来饮食习惯西风东渐，加上低糖低盐的养生观念，使得酱渍类食品式微。于是，南门酱油除了传统商品之外，店铺新增了各式腰果、燕麦杂粮等干货，这些商品都陈列在店铺最外头，俨然是目前店里的主打。

提到对南门市场的情感，钟老板一时很难说得明白，因为这里是他从小长大的地方。他曾经感慨地说出："以前，还没有电子秤的年代，要将商品放在天平托盘上秤量，脑袋里也要常常进行斤两间的复杂换算，现在市场早已改用电子秤，真是方便多了。"

南门市场有些海内外华人或是观光客，一定要来朝圣的明星商家，有天下第一摊封号的亿长御坊是其中之一。老板娘朱长亿，也是南门市场长大的第二代，从小跟着父辈在市场帮忙，母亲在她七岁时过世，她曾经想着脱离市场人生，不过几经人生风霜，多次跌入经济谷底，她都靠这个家传手艺再起，从父亲手上接过老店，自己也用功地去向老师傅们学手艺，赶上了台湾经济列车起飞，家庭结构改变，双薪家庭增多，外食人口增加，她的熟食铺菜色多元，传统口味让老客户代代传承，这些年拜网络及电子媒体效益，被南门市场的粉丝们票选为天下第一摊，以江浙菜系为主的熟食铺，菜色多。口味质量都是保证，一般人买回去请客自用都方便，过年时一般是很难挤进去。附近的逸湘斋东坡肉等名店名菜也都有忠实粉丝团。

被誉为外省妈妈厨房的南门市场，还有些老故事，是店家念念不忘的，比如早年台湾厨艺女神传培梅，都会到市场的正顺，买手工鸡蛋面，杂粮馒头，以各种糕点汤圆台传家的合兴，曾经是宋美龄及蒋方良的最爱，徐家点心也是历史悠久，数十年老味道。此外一些达官贵人、官夫人更是南门市场常客。地下室青菜大户阿万蔬菜行及东东两家，从过去就供应外省家庭喜好的霉菜、榻

1– 各家熟食铺子都有独门菜色，大部分以江浙菜为主
2– 标榜各省正宗口味是南门市场特色

棵菜、新鲜百果、百合，一楼也有几家好吃的酸白菜红糟、手工臭豆腐、传统口味的上海鱼丸，手工制作的各式蛋饺、燕饺。台湾美食作家韩良露及王宣一，都在她们的书中对南门市场有过许多描绘，甚至带过读者来趟南门市场小旅行，可惜这二位美食作家却在近年纷纷离世，只留下文字飘香。还好这些年仍有年轻美食部落客，发起为南门市场留下记忆的茶会或是寻找老照片活动。

据说明年或后年，南门市场又得大搬迁，即将随着捷运万大树林线动工而拆除。无论搬到那里，南门市场永远有忠心的追随者，从百年前日本人的千岁町市场到 1949 年后国民党仓皇撤退到台湾，成就了南门市场的大江南北，是历史的一页，也有着说不尽的舌尖台湾，二十世纪五六十年代起，一些作家开始发表怀念故里的饮食文章，王德威在《北京梦华录——北京人到台湾》中曾提到，战后"老北平"在台湾掀起一股谈吃风潮，在吃食间回溯的家园景象，虽不免镀上乡愁的荣光，但谈笑间"老北平"的世故与眼界亦分明可见，其中最有成绩应该是唐鲁孙、逯耀东及刘枋，这几位前辈几乎是丰富了台湾南北合菜系的文字记忆。如今围绕在南门市场四周，更有些超级小吃，如金峰鲁肉饭、福州傻瓜面及四川抄手店等，随便走、随便吃，都让人口齿留香。而附近的历史博物馆植物园及坐着一两站地铁就可以走到的台大校园，还有巷子的二手书店、独立书店，都为南门市场增添了必来的理由。

许多人都说台湾的夜市让人勾魂，而我更推荐走趟台北南门市场，这里才是走读台北的饮食篇。

1–1949 大迁徙，也把吃食记忆带入台湾落地生根，丰富了饮食文化

2– 市场地下一楼生鲜蔬菜，不要忘了，常有外省妈妈爱的独门秘方。不小心就遇见少有的菜蔬

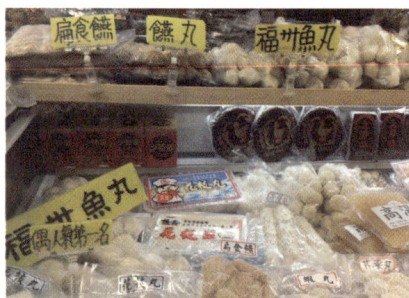

传家

Home
Legacy

Text ｜王翎芳、贴布导演

Photo ｜贴布导演

王翎芳

两岸人文旅游观察家、时尚美食达人、资深旅游规划师。现任台湾旅馆旅行业国际营销协会会员，中央电视台《读书》栏目嘉宾、搜狐旅游频道微访谈嘉宾、台湾东森新闻名人带路单元贵妇美食达人，著有《台湾自助游》。

在我们撰写新书的同时，因为采访几乎走遍了台湾各角落，也接触了不少人物的故事，在旅行的路上，我们发现美食、美景，但通常最感动我们的，却是人物的故事，透过接触，可以很快速地阅读他人的生命历程，像是一页页精华的书摘。

台湾人天生有着传承的使命，像是与生俱来的任务，打出生就注定与家族共生，这种传承的使命在日趋现代、急功近利的社会不减反增，而这种传承，通常最小的单位就是家族。

台北基隆的崁仔顶义隆渔行及台中大甲裕珍馨奶油酥饼，是我们旅行过程中遇见的两个关于传承的故事，他们的传承同样由家族

开始，但却发散到社会，影响了更多人。

凌晨三点，当人们睡梦正酣，台湾基隆的崁仔顶渔市正是灯火通明的时候，这小小的渔货街总是在这时刻苏醒，台中以北的市场鱼贩、餐厅采买者都汇集在此，选购当天最新鲜的渔货，这些渔货来自台湾近海及远洋渔船捕捞的各种鱼种，在凌晨时分上岸后，由崁仔顶当地渔行们直接在码头与船公司交易，在最新鲜的时刻丝毫不能耽误地拉回崁仔顶渔市进行交易，因为渔货在船上都是冷冻处理，当渔货拉回崁仔顶的时候水冰略微融化，所以无论何时来到崁仔顶，除了空气中弥漫着各种鲜鱼杂味外，地面上永远是湿漉漉的一片，渔行灯火反射在穿梭来往的人们倒影之下，像电影中的镜头。

穿梭在渔行间的，是 65 岁的彭瑞祺，当我拍摄他头顶上的"义隆渔行"招牌时，他示意要我稍等，接着转身拿出一块木制招牌，这招牌似乎已蒙上一层历史的刻痕，已褪色的木头阴刻字上面雕着"义合成商店"，上面还写着"海产物青菓类杂货""油粕豆油杂谷"文字。

"光绪年间我曾祖父就在这里经营渔行，当时这家店的名字是义合成，只是如今改成义隆。"说到义隆渔行的百年历史，彭瑞祺脸上满是骄傲。"台湾在日本殖民时期，所有的资源都归日本人所有，连开个渔行卖渔货杂谷都不许可，为了争取生存的权利，我曾祖父聘请了日本律师和台湾总督府打官司，从基隆的地方法院一路打到日本东京最高法院，最终总算争取到了台湾人可以在崁仔顶开设渔行的权利。这义合成商店是我曾祖父开设的渔行，同时也兼营杂货盐油等民生必需品，可以说，在我曾祖父的争取之下，才有如今这北台湾最庞大的渔货交易市场。"

彭瑞祺血液里或许流淌着曾祖父拼搏的因子，如今也是基隆市崁仔顶渔行联谊会会长，负责管理崁仔顶渔市。但是在年少时期，彭瑞祺压根都没想过会继承这百年家业，因为一场意外车祸，跟着父亲一起做渔行生意的叔叔过世。当时在家族势力低下的状况中，老员工背叛离开在外自创渔行，拉走了不少生意。一口气咽不下的彭瑞祺服完兵役，放弃大学升学，重新撑起百年家业，重拾家族荣光，如果从 13 岁在假日帮忙父亲学做"粜手"开始计算起，彭瑞祺已经在渔行里滚打了半个多世纪。

在我采访彭瑞祺时，他身旁一位健壮年轻人扎着流行的长发马尾，脚上穿着土气的黑胶鞋，以反差很大的穿着，抢镜地在义隆渔行摊前叫卖，让我不注意都很难，这年轻人是彭瑞祺的小儿子，大学工业设计专业毕业，而大儿子是大学商业管理专业毕业，这时候正在仓库整理出货的渔货。

很巧的是，两位儿子同时决定继承家业的时候，跟彭瑞祺年轻时决定踏入渔行的关键点都是一样，都是家族出现了困难，只不过彭瑞祺当时是因为叔叔车祸过世，而他的两位儿子决定传承，却是因为父亲病倒。在彭瑞祺生病手术期间，两位孩子不忍父亲的长年辛劳，因此表达愿意回家继承家业，彭瑞祺当时对他们说"这行是祖先百年的基业，养活了我们世世代代，如果想继承家业，必须肩负起家族的传承责任，一脚踏进来，就不许抽身"。

就这样，没有逼迫与利诱，基隆义隆渔行的百余年基业就这么传承下来，一切都如此自然，接下来下一代的传承，应该也会如同日常生活般的简单吧！而守护北台湾最庞大渔市场的使命，似乎也这么自然地传承下来了。

谈起自己的父亲，现任台湾裕珍馨食品股份有限公司的董事长陈裕贤依然会潸然泪下。裕珍馨是台湾非常知名的点心品牌，旗下生产的奶油酥饼行销全台，已经是众多游客到台中大甲必购的伴手礼选择，这品牌最早于 1966 年由陈基振老先生创立，因为大甲镇澜宫是台中知名祭祀妈祖的庙宇，香客们习惯在当地购买贡品祭祀神明，为了做这门糕饼香客生意，陈老先生虔诚地向妈祖祝祷，一连掷出六个圣筊（手持一对木刻月形状神器往地上掷，一正一反代表神明同意你的愿望，这是台湾祭祀神明祈愿的风俗），在神明的同意下，陈老

先生开启了裕珍馨的糕饼事业。

裕珍馨有个家训，那就是"生意在秤头上"，在早年没有电子秤的时代，重量全凭手持秤头上计准，陈老先生给顾客的商品，除了十足十的重量外，一定还会多那么一点，绝对不会只给刚刚好。直到现在，裕珍馨奶油酥饼扣除掉包装后直接放到精密的电子秤上称重，包装虽然标示 600 克，但秤上显示的绝对不会低于 620 克，即使是工厂的精密包装亦不例外，这就是所谓"生意在秤头上"的原理，不缺斤少两，诚信做事，就是裕珍馨至今依然受顾客信赖的基础。

陈基振老先生对待商品以诚信为主，甚至到了固执的地步，1966 年镇澜宫的大祭祀，香客从全台各地涌来，大甲当地贩售各式糕饼的店家趁此提高糕饼售价，一般 40 元台币的酥饼甚至已被哄抬到 80 元的双倍价格，当时只是学徒的陈裕贤喜滋滋地告诉父亲这个消息，也建议父亲趁此将奶油酥饼提高售价，没想到却因此招来父亲一阵斥责！结果那一年大祭祀下来，裕珍馨质量保证且不涨价的做法引起同业攻击，但也因此获得消费者的喜爱。在经济较不景气的时候，陈裕贤也曾经思考过降低制造成本获得较高的利润，将奶油酥饼必须使用的奶油，由一台斤 2700 元的天然奶油换成一台斤 80 多元的人造奶油，但被陈老先生获知后，必然又是一顿责骂！直到今日，裕珍馨使用的奶油依然是昂贵的天然奶油，即使售价偏高，裕珍馨奶油酥饼还是业绩蒸蒸日上，甚至成立基金会，依照陈老先生的遗愿，用于旧文化的保存及新文化的发扬。

陈老先生将事业交给儿子后，大多的时间用来陪伴自己的两位孙子，有次读中学的孙子捡到了一千元台币，虽然迟疑了一下，最后还是交给了老师处理。得知此事的陈老先生，将孙子叫到面前，批评他迟疑的心态，他认为，如果一个人够诚实，不应该有迟疑存在，应该立即将失物交给老师，如果有一丝的迟疑，那就代表心中有贪念，如此做人就是失败！

这晚对孙子的责骂是疼爱孙子的陈老先生生平最严厉的一次，也因为这事件，让当时受到陈老先生责骂，已经身为董事长特别助理的陈裕贤儿子，依然难忘。

在裕珍馨公司总部外面的梁柱上，刻着陈老先生的家训"生意在秤头上""天公疼憨人"（老天爷疼惜善良质朴之人）。而陈裕贤对我说，他这辈子最感激的，不是裕珍馨的糕饼

1– 裕珍馨台中大甲总部外面的梁柱
上，刻着陈老先生的家训"生意在秤
头上""天公疼憨人"（老天爷疼惜
善良质朴之人的意思）

1/2 - 陈裕贤带着儿子，与作者王翎芳一起回镇澜宫上香，感谢妈祖的庇佑

事业做得多么庞大，而是两个儿子自小被爷爷带大，在陈老先生过世前，相处了十几年的时光。这十几年，让孩子得到最正确的人生价值观，远比任何金钱来得重要。

这种传承，已经不光是事业体的接手，而是人生价值观的一脉相承。这种相承是构成家族思想的体系，不光是第一代、第二代，甚至会影响到第三代、第四代，更有可能开枝散叶，分播于社会。而这种传承更广义一点说，也是构筑台湾社会人性良善的真正力量。

台湾的传承力量很惊人，大多由家族开始，你可能会看到90后的年轻人守着家族的路边面摊营生，也可能会看到海归年轻人提早接受家族企业的锻炼，从企业体底层开始磨炼。无论是富是贫，都是传承的力量，而这力量，持续至今，依然有各种故事等待我们挖掘，每一个家族，都是一篇迷人的文章。

饕

餮

Gourmet

台味五餐

Five meals of Taipei

Text & Photo | 蔡澜

蔡澜

作家、生活家、美食家、电影人、
主持人。《舌尖上的中国》总顾问，
《开讲啦》特邀讲师，《新周刊》
年度生活家；与金庸、倪匡、黄霑
并称"香港四大才子"。

我虽不是台湾人，却是台湾的常客，对台湾的饮食，更是
喜爱。这次应《遇见台湾》邀约，写一篇关于台湾饮食的
文章；但台湾虽小，要深入了解，不是一篇文章能够做到
的。这次先从台北说起。如果只能在台北留一天，应该吃
些什么？

去到台北，第一件事，就是找我最爱的早餐：切仔面。台
南台中和其他各地方都不欣赏切仔面，只在台北才流行，
从前在酒店附近的小巷子中一定开着一两档，当今已愈来
愈罕见。

1– 我最爱的早餐：切仔面

到了台北，一大早我走出酒店，到处寻找，果然让我找到，玻璃橱柜中放有烟肠、粉肝、熏鲨鱼腩、白灼鱿鱼、猪肺网、卤猪头猪耳等，不下十几种。都是一大块一大块摆着，客人点了，才一片片切开，有时这切一点，那切一点，乱切一通，台湾人也叫此为"黑白"。

切，除了刀切，还有另外一个意思，是由发音而来，闽南语的切字，作渌解。把黄色的油面，放在一个小笱箕内，再用另一个空的笱箕压住，放进滚汤锅中渌，提起又放，切切作声，故称"切仔面"。

档口很小，但卖的东西可真多，也有鲁肉饭，那是把猪头肉卤香后切成小粒，经爆香的干葱头一煮，香得要命。淋在饭上的，吃个两三碗也不出奇。

1– 台北鼎泰丰
2– 排骨蛋炒饭
3– 鼎泰丰的小笼包

另一个原始的蒸柜中摆了很多铁碗，碗中是苦瓜排骨、金针菜鸡肉等物的炖汤，如果前一晚喝醉了，一大早有此慰藉宿醉，恩物也。

另外的汤有贡丸汤、青菜汤和蛋花汤，都是现叫现煮的。这一顿切仔面，各尝一些，已饱。去了台北，千万要试这种台湾独有的饮食文化，不会让你失望。

早餐后可到处逛逛，台湾人早起，很多特色店铺早就开门，逛到饿了，午餐可以选有名的"鼎泰丰"。

在台北信义路二段、永康街口的本店外，永远排着长龙，已是这都市的一个现象。一般客人用餐时间平均为四十分钟，怎么充分去利用，多做生意呢？

第一，先把菜单拿到排队客人的手中，给他们仔细研究，再下单，单子一下即刻由戴着无线电麦克风的侍女们传到柜台，打入计算机。连座位也排好，从点菜出菜到结账，一次性把资料输入。据老板说："平均错误率不到一个1％。"一坐下来，就看到墙上挂着给员工的指示："一般服务该做到，客人一叫就要到，客人挥手要看到，客人一动就知道，时时注意勤做到，完美境界可达到。"

在台北"鼎泰丰"，的确是做到了。

"鼎泰丰"的小笼包的确不错，价钱台湾人都说贵，但每笼才二十几块人民币，我们倒不觉得。

从前去吃，只叫了小笼包、虾仁烧卖和原盅土鸡汤，这次试尽了店里的菜谱，共有：蟹粉小笼、菜肉蒸饺、豆沙小包、虾仁蒸饺、糯肉烧卖、鲜肉粽子、豆沙粽子、咸甜大包、千层油糕、赤豆松糕、原盅牛肉汤、红烧牛肉汤、酸辣汤、油豆腐细粉、虾仁馄饨、菜肉馄饨、酸菜肉丝面、排骨面、虾仁面、肉丝蛋炒饭、排骨蛋炒饭和炸排骨。

到台北，不去"鼎泰丰"等于没去过。

早午两餐，吃的都是小吃，晚餐的选择很多，思前想后，还是选了"三分俗气"，店主肯那么自称，已是一份雅致。做的主要是江浙美食，主人掌柜，太太躲在厨房做菜，所以招呼不了太多客人，两张大桌加两张小的，就此而已。这一类食肆从前很多，但今已见少卖少。门口有对联点题，写着："飘香万里三分俗，迎客十方一路春。"墙纸以《寒食帖》放大装修，这幅字我在修字时常练，觉得分外亲切。

吃些什么？先上五小碟葱烤鲫鱼、小芋头、酱苦瓜和上海鸡骨酱，最精彩的叫"白灼禁脔"，那是精选猪颈肉整块灼熟后再切片，异常柔软美味，名副其实地入口即化，真不容易。接着上砂锅狮子头，手剁的肉，样子像机器搅拌出来那么整齐，那才是上乘的刀功，两者的效果有天渊之别。元蹄海参的元蹄并非红烧，是清炖出来，猪肉炖得几乎看不见，只存着每一块有一英寸那么厚的海参，不硬也不软的口感，是顶尖的厨艺。

牛腩就是红烧了，只用洋葱和萝卜，一点水也不下，烧到牛腩溶化，也不必加糖，已甜得要命。那一大碗的扁尖火膧鸡汤落足功夫，花在煲的时间可从浓汤中看出，每一口都挂碗，是我吃过最好的火膧鸡汤。

还有干煎马头鱼、茄香肥肠煲，云耳仔鸡等菜式，以为吃得再也撑不下肚时，上最后一道的菜饭，主要是把菜梗切幼，带一点点菜叶，香得不得了，又连吞三大碗。

这顿晚饭，保证让你毕生难忘。

本来吃三餐已经很满足了，但难得去一趟，当然要吃个痛快。

晚饭后最好去吃甜品，我印象最深的是"糖姬"。门口挂有一个以花框住的招牌，写着"糖姬"两个大字。吃的冰有牛奶、花生、奇异果、核桃、芒果、草莓、巧克力、咖啡等，不下数十种原料，磨成浆后结冰，再刨出来。这种刨冰方式其他店已开得多，连香港也流行起来，"糖姬"为什么做得比人出色？全因为配料不是那么一匙匙加冰，而是一片片细心地当成花纹贴上去，又做得不十分甜，广受欢迎。一大碟才卖二十多块人民币。

1— "三分俗气"店内以寒食帖为装饰
2 — "三分俗气"的茄香肥肠煲
3 — "三分俗气"的葱烧鲫鱼

1– 高家庄的夜宵是不可错过的体验

如果还不满足，还可以去消夜。

"高家庄"开在林森北路，就在"晶华饭店"后面。每次去台湾，晚饭应酬总有数十道菜肴，但吃得再饱，也要再去"高家庄"吃消夜。早去也没用，这家人晚上八点钟才开门，一直做到黎明五点半。店很小，墙上挂一个牌，写着食物卖出的流行榜五种：一、红烧大肠。二、色拉鱼卵。三、芥末软丝。四、红烧肉。五、高家粉肝。

单单第一道红烧大肠，吃过一次就让人上瘾，像我这样是光顾了又光顾。肠的做法是先把它洗得干干净净，只用酱油和香料去煮罢了，一煮就是好几小时，全靠经验，煮得软熟恰好，但又要保持吃到猪肠的味道，实在不易。红烧后的颜色并不瘀黑，我怀疑在卤汁中加了西红柿，才红得那么可爱，名副其实的红烧。

排第二名的色拉鱼卵。色拉，就是香港人叫的沙律，其实也不过是在蒸熟的鱼卵上撒些白色的奶油酱而已，但鱼卵又香又甜，不加奶油更好，点酱油膏最妙。

芥末软丝的"软丝"，是台湾人对鲜鱿的叫法。一般鱿鱼都肉硬，台湾的独有品种很软，故称之。

红烧肉是和大肠一块炮制的，没有什么大道理，要吃肉不如吃肠。高家粉肝就做得出奇地好，热吃冷吃皆无妨，尝过的人都对台湾的内脏美食制作饮食文化津津乐道。在店中还看到一个大铁锅，煮了白色的粉条，那就是台湾人叫的"米苔目"了。其实就是广东人的濑粉，但说是中山人的"攋粉"更接近。"苔目"是筲箕的缝的意思，把粉团放在筲箕上大力压下，一条条的米粉就挤了出来。汤是用猪骨熬了十几个钟头，去掉油来煮粉条，要那么一

1– 高家庄的芥末软丝
2– 高家庄的红烧大肠

Old taste,
no better than
an old friend

Text & Photo | 猫力

旧味老，
却道还是
故人好

猫力

旅人，畅销书《猫力乱步》作者。自
大学起，陆续游走日本、韩国、老挝、
柬埔寨、泰国、越南、印度、马来西亚、
斯里兰卡、伊朗、亚美尼亚、格鲁吉亚、
土耳其等地。无数粉丝被她那句"我
只担心一件事，就是死前还没把这个
世界看完"所打动，跟随她的照片和
文字游览世界各地。

每年都要去几次台湾，是彻底地抛却了工作和人情世故，只为了到那里
闲居几日，这已经成了我的一种习惯。有时奔波辗转从一趟激动人心的
长途中归来，我竟会不想马上回家乡上海，而是直接跑去台湾。旅途过
后的那种疲惫和茫然若失，仿佛只有台湾的山水、饮食才能够治愈。

从高雄清早的一杯乌龙茶到夕阳西下漫步三多的商场；从"旅人书屋"
泡至深夜到诚品书店坐至清晨。在台南跌入老时光里，去全美戏院看一
场胶片老电影；在台东"追分——成功"车站求个纪念车票，去礁溪泡
个温泉；还有那逛不完的夜市，吃不完的雪花冰豆腐，停不下嘴的三星
葱油饼……每一次台湾之行都有数不完的惊喜和感动，虽说不出它们到
底哪里好，却莫名地谁也替代不了。

来台湾的次数多了，待的时间久了，我也慢慢在这里积累下了老朋友，有了几个固定的根据地，后来甚至连时节和气候都摸得很准，台语也无师自通聊得很好。朋友都笑我说，上辈子一定是和台湾有缘，他乡才是故乡，以后周游世界跑得累了，不如就在台湾安家吧。我却说哪里舍得在这里安家，就好像最爱的人最好是不要天天在一起，免得时间消磨了温柔，到最后只剩下厌弃和怨恕。不求朝朝暮暮，才能每每在久别重逢时，分外欢喜吧。

台湾于我有这样的情分，台湾的美食于我自然也是一样的况味。每一次在台湾小住十天半月，我都会胖个三五斤，不知道是台湾的山水太养人，还是台湾的美食太诱人，明明没有胡吃海塞，肚皮却总是撑着的。以至于后来我每次在中东或者印度的旅途中饱受没东西吃的折磨，一回来就要去台湾充电长肉，所有肠胃的饥渴都是被菜脯蛋、虱目鱼面、猪肉米糕这些不起眼的小菜给治愈的。

说起来，我虽然尝过很多不同国家的菜肴，去过传说中的米其林三星，也吃过很多黑暗料理的苍蝇馆子，但我并不是旅途中的老饕，就我尝过的台湾菜口味，无非能分出两类来，那就是台湾传统的古早味，和有着大陆血统的眷村菜。

台湾的"古早味"招牌遍布台湾各条大街小巷，最知名的夜市更是"古早味"撑起半壁江山，而眷村菜却要资深的 local 指点迷津。古早味的甜口咸口都很随意，眷村菜却有江浙菜和鲁菜的渊源，味道差一点便会被人说"不对"。眷村菜会叫人想起《饮食男女》里圆山饭店的大厨，它与某一种政治语境以及特定时态有关，而古早味则是寻常百姓家的东西，日子过多久，味道就留多久。所以对我来说，要在台湾寻到心仪的古早味，根本不用靠点评网站或者是美食攻略，要遇到对的人和对的故事才会有对的味道。

1 | 2 3
4 5

1– 台北艋舺的青山王祭
2/3– "追分–成功"纪念车票
4– 旅人书屋
5– 魏姐包心粉圆

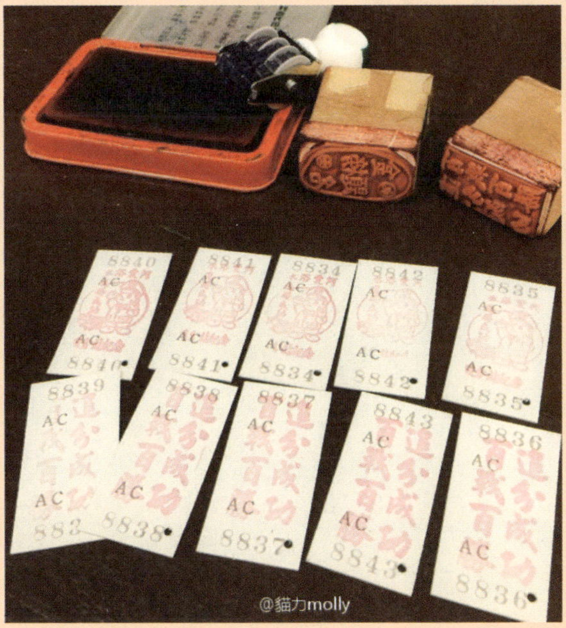

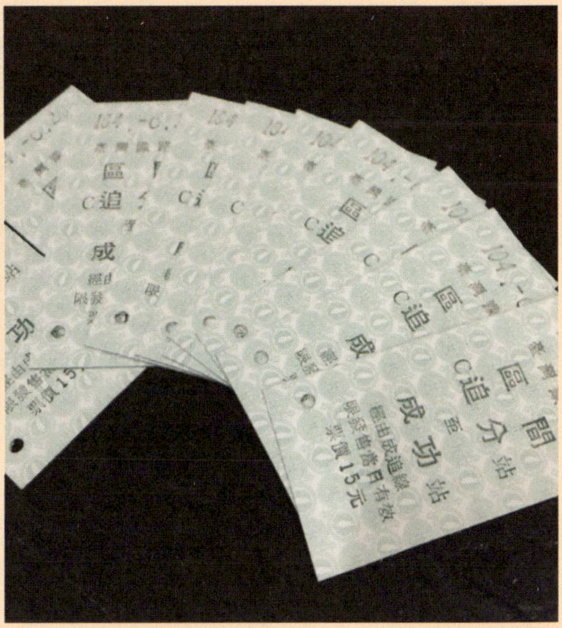

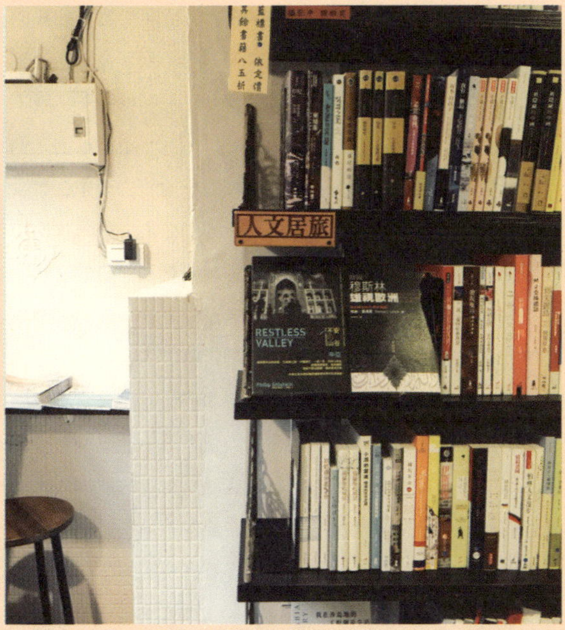

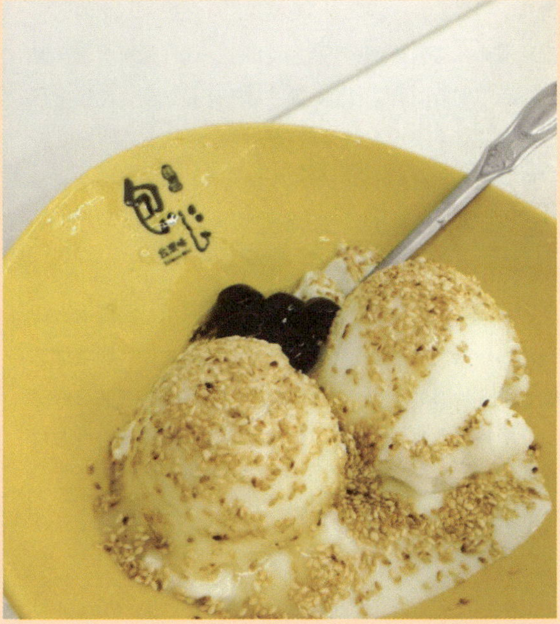

台北
Taipei

TAIWAN

台北

辽宁夜市的热炒，台北人的社交江湖————————————

台北的夜市远近闻名，随便翻一本旅游手册，就会列出十个八个"必去""必吃""吃撑指南"之类。从路的这头吃到那头，从饥肠辘辘吃到扶墙出来，或许是每个游客到台北后最期待的美食之旅。而我却并不是这样，比起一路边吃边逛，我更喜欢找个隐蔽的地方坐下来，好好吃饭，好好聊天，和友人插科打诨吹牛聊八卦，伴随着饭菜的香气，一起融入充满市井气息的台北夜晚。

在台北众多的夜市中，我最推荐辽宁街夜市，那些满街铺开的热炒店，几乎热闹到一种壮观。所谓热炒，顾名思义就是"现炒的菜肴"，看那阵仗很像是舟山附近的海鲜排档，但是因为置身在台北，热炒又和普通的排挡感觉大不相同。

台北人忙忙碌碌，白天都蜗居在写字楼、咖啡厅里，即使是 freelancer 都一天要奔忙四五个场子谈生意，成熟的小商业社会，每个人都过得充实又紧张。到了夜晚，三五成群的台北人围坐在热炒摊前，解开了衬衫的扣子，脱下了挤脚的皮鞋，各种白天 business to business 的人们吃着聊着笑着抱怨着，甚至哭着喊着释放着，个个在美食面前现了原形，趁着夜色都向生活卸了面具。和台北的中产阶级聊台北的生活，他们最多提起的就是"热炒文化"。在他们看来，比起去酒吧，热炒店更像是一个人情味十足的江湖，在这里可以看到人们退场后的样子，有些滑稽和无奈，最好的下酒菜不是那些鱼虾海鲜，而是食客心里那些不用买醉的悲辛，以及俗常的人情世故。杜琪峰在《华丽上班族》里有场上班族聚在饭店吐槽生活的歌舞戏，搭建的舞台总有些架空的后现代感，我想若是换成台北的热炒店，一定更加精彩，戏剧的演绎哪有现实的生活来得触

1– 台北夜市一瞥

动人心。热炒店的桌上总有几样必备的小菜。香酥龙珠是炸墨鱼的眼睛，听起来有点可怕，却是最好的下酒菜；炒山苏和水莲是永远不会点错的蔬菜，离了台湾还真有点想念它们特别的清爽味；再来一条一夜干，配几瓶台湾啤酒，就着酒杯唱首《欢喜就好》，正如歌词那般，"人生短短，好像在玩一样"。

TAIWAN

台
南
Tainan

台南

懦夫的米糕，慢食慢活慢自在 ——————————

和台北的快节奏相比，台南简直慢得像上个世纪。在台南闲居的日子里，经常到了上午 11 点，街上的店铺都还没开，懒散的店主就坐在门口自己泡茶看街景，问他为什么不做生意？他也是淡淡地一句："又不急，再坐一下啦。"如此好心态不差钱，自愧不如。于是在台南久居，我的时间也会变得特别慢，在这里走路比坐车更好，上网联系不如直接见面，甚至有闲情的话，我都愿意用写信来代替社交工具，一切都慢悠悠，仿佛不用为今天愁，也不用为明天忧。

就在闲居的日子里，我偶然结识了新的朋友"懦夫"，叫他"懦夫"不是因为他真的懦弱，而是因为他卖的米糕"香甜软糯"。每天，懦夫都会骑着一台日据时代留下来的老脚踏车，走街串巷，贩售他从外婆那里传承下来的古早味美食——猪肉米糕。他的脚踏车后座上绑着一个木桶，木桶里装着昨夜纯手工制作的米糕，每天不多不少，一共就 50 碗的量，卖完收摊，绝不停留。大概是因为他长得帅又手艺好，"懦夫米糕"在台湾的 facebook 上已经小有名气，甚至会有外地的游客慕名前来排队。不过即使有了人气，他每天还是做米糕卖米糕而已，50 碗一天，赚到刚够温饱的钱就好，留下其他所有的心思都用来享受台南的慢生活而已。

和懦夫结识之后，我曾受邀到他的家里去观摩做米糕。让我没想到的是，他的家也是日据时代留下来的那种老屋，家里没有电视也没有现代的摆设，一眼望去仿佛还是几十年前的样子，时光在这个空间似乎放慢了脚步，世道的变迁被更隽永的情怀挡在了门外。懦夫才 25 岁，但他做米糕的手法却保持着几十年的家传，没有任何机器的帮助，也没有速成的流水线，坚持的不过是旧时寻常人家的做法，捣米、煎肉、翻炒、蒸煮、入味，忙了三四个小时汗流浃背，也只能出来一桶米糕的成品。我说这要是放在上海，肯定亏本死了，没有人会做下去，或者早就开了店，请多些工人也能拓展生意。懦夫倒是毫不在意，他说这一半做的是米糕，另一半做的是生活，如果仅仅为了糊口而活着那多可怜。我不过是想把外婆的米糕一直做下去，有人爱吃就好，谁要用米糕去赚大钱。

这不禁让我想起 2013 年台湾那部卖座的美食电影《总铺师》，片子也是用几个厨师传承古早味的故事，讲了美食之外的道理。在越来越快节奏的速食文化中，食物的真谛已经渐渐被忘却，好吃、稀有、昂贵其实并不是做饭的真正意义，而"好心"才是好味道的源泉。"心若欢喜，菜就好吃"，做菜就是做人，传承的古早味手艺岂止是美食而已，它是老一代人的情怀和执念，是几十年来流淌不变的台式人情味。懦夫也是如此，所谓米糕岂止是家传的味道而已，那是外婆一代留下的用心和达观：最开心的事，不是赚很多钱，而是把好吃的东西分享给大家一起吃。

很多去过台湾的人都说，台湾有一种洗尽铅华的老旧，比起大陆的日新月异，台湾社会更像一条静水流深的长河。我们小时候听人反复讲起的那个耀眼的台湾仿佛已经不在了，但真来到了这里，却又从点点滴滴间感觉似曾相识。那是李安电影里还在演着的台湾故事，是张艾嘉歌里还会唱着的台湾情愫，也是满大街古早味招牌的莫名坚持——只属于台湾的温情社会。我想我反复来台湾的原因也是如此吧，走了很长的路总需要有地方歇脚，和老朋友吃着饭聊着闲事，旧味虽老，却道还是故人好。

余生咖啡馆

Life Café

Text & Photo | 廖信忠

廖信忠

来自宝岛台湾，现居上海。在大陆生活的台湾年轻作家，也被读者评价为最会写台湾的作家。2009 年出版《我们台湾这些年》，轰动两岸，被誉为 60 年来第一本让 13 亿大陆同胞了解台湾普通民众真实生活的书。

我意外推开那扇从小到大都没推开过的店门，暗暗的落地窗上印着有点褪色大大的"咖啡、饮料、简餐"，这种不合时宜的门面风格，在到处都是咖啡馆的台北，难免被人认为带着一点暧昧的气息。

木门一推，昏黄的灯光，室内摆设稍微凌乱，现在看来很复古的高椅背情人椅，之所以气氛特异，就在我进门的那一刻，所有的客人同时转头盯着我打量，我吓了一跳，不甘示弱也瞪回去，没有一个年轻人，都是中老年。

头发已经半秃斑白，白衬衫西装裤的老板一句："坐！"连"请"都没有，就低下头继续煮他的咖啡，古旧雕花的木头吧台，台上摆几个虹吸壶，正点着酒精灯煮咖啡，吧台另侧还有台青色的投币式电话，吧台内瓦斯炉还烧着一壶开水，用老式圆滚滚的那种大茶壶。

1– 云林斗六的吾爱吾家咖啡馆

"少年仔，你要喝啥？"我回过神来，问有没有吃的，老板忽然抬起头，脸上标准台式温良恭俭让的笑容中带着杀意说："你第一次来不试试咖啡？"我心中只能默默地呵呵答应。

这间店在我家附近，却从来没进去过，那是我第一次注意到台湾还有这种原生态日式老派的咖啡店，之所以原生态，是因为这两年在到处都是老房子的台南，开了几间刻意复古走昭和风格的咖啡店，引起一阵怀旧风潮，而这些原生态老店，却是从几十年前起就是那个样子，不管装修，或是咖啡的香味，都凝结在几十年前，变的只有老板逐渐变白的头发，与窗外的风景。

这样的老咖啡店在现在一片第三波精品咖啡风潮，或者是流行的 loft 装修、日式小清新风中显得格格不入，一店子不合时宜。

这种"昭和风"的老咖啡店，其实在台湾还真不少，这些店在地开了几十年，很多都是夫妻店，姐妹店，奇怪就是没有兄弟店或合伙开店，老板大多在年轻时受了日式咖啡及日本师傅的影响，一辈子就专注烘那几款豆，做那几种咖啡。

你在店里看不到义式咖啡机，倒是有很多玻璃瓶瓶罐罐，光线反射在瓶盖上，让原木吧台闪耀得特别绮丽，这些老板都不用现代的咖啡器械，甚至不做手冲咖啡，就算再多客人，还是慢慢等吧台里那几个虹吸壶煮咖啡。

现在很多年轻人想开咖啡店，无非是开咖啡店好像很浪漫，只要做做饮料，跟客人聊聊天就可以。可是这些老咖啡店的老板，最早会想开店，都是为了生活，而开店几十年，一定会遇到各种因素差点开不下去的窘境，最后他们还是硬着头皮撑下去，理由也很简单：只会煮咖啡不会做别的。

我到高雄必去的老咖啡店是老城盐埕区巷子里的小堤咖啡，这里就如同 NHK 晨间剧里那种吃茶店那样的氛围。老客人都叫老板"二姐"，后来我问二姐"小堤"这个名字怎么来的，她说她受日本教育的妈妈觉得"小堤"的日语发音比较好听。

记得第一次走进小堤店里接近中午，冒冒失失地走了进去，二姐见我就开口，你是要吃饭还喝咖啡，我愣了一下，问什么饭，"啊，就隔壁排骨饭啊！"最后，我在这间充满咖啡香的日式咖啡店吧台前，吃了台式排骨盒饭。

二姐又问了，要喝什么咖啡？热的还冷的？浓的还薄的？在这终年皆夏的高雄，爱喝什么饮料直接分冷热，很能理解，可是咖啡依客人口味喜好，直接分浅厚……对于习惯于用各种专有风味轮名词描述各种咖啡口味的人来说，忽然不知道要怎么回答，在心里唯一能自己解释给自己听的说法大概就是高雄人直爽吧！

更意外的是，当坐定，二姐奉上了一杯水，还有刚从冰柜取出，卷得跟蛋卷一样的白色冰毛巾，这着实让我恍惚了一下，我已经多久没遇见过这种会奉上台式日语称为"喔西摸里"冰毛巾的日式礼仪了，而且还不是一次性的那种。

旁边的客人自来熟："少年仔，第一次来就知道坐吧台，内行喔！"我又注意到皮革坐垫，圆形的吧台椅，金属的弧型底座，是有名的北欧设计郁金香椅，当然是当年拿图来山寨的，"用了40年了，质量不错。"二姐说。

二姐很健谈，几乎要把这间店的前世今生讲给我这位第一次来的客人，随口就讲出了这港边街道的一段历史，只有当她站到台前，点火煮咖啡的那一刻，整个人都变了，表情专注着，整个世界仿佛只剩下火及水的变化，散发出的气场，让人不敢打扰她一句。

中午店里的客人三三两两，来了两三波，大多是中老年，大多都要了咖啡及外卖盒饭这种奇异搭配，大多有一句没一句在聊，大多讲一些低俗搞笑的笑话哄堂大笑，偶尔还有几位路过走进来串门的熟客，打招呼聊个两三句又走了，你在这就别低头滑手机了，跟坐你旁边的大叔聊聊天才是，这气氛，掺杂了咖啡香，日式职人味，以及南方港边老街特有的市井热情。

尽管吧台上还摆着一台老式手摇，酒精灯供热的烘豆机，不过二姐已经很久不自己烘豆了，那台烘豆机仅仅只是摆在那里，都散发这间店的醍醐味；二姐重人情，小堤咖啡用的豆子，共五支来调配，近四十年来，供应商从上一代老板，到老板的儿子接手，从来没换过，就连送煤气筒的店，都换了三个老板，还是同一家。

我指着吧台里一个牌子"早上11点前免费早餐"，一杯咖啡就100元，还附早餐，这样还赚多少？二姐挥挥手"有赚就好了啦！大家开心就好了啦！"

老咖啡店的老板，从年轻就守着这间店，往来皆熟客老朋友，与其说是咖啡店不如说已经变社区活动中心，谁今天有来没人，早到或晚到，大家一清二楚，来这里不只是喝咖啡，也是在感受人与人之间的温度，即使老板偶尔有了关店退休的念头，也会被人情这种羁绊所打消。

你如果喜欢一杯咖啡的好味道，那一定不只在咖啡杯里的黑色液体。如果你爱上一家咖啡馆，除了它好喝的咖啡，还有另一部分原因是你肯定了这家咖啡馆的某一种生活价值，老板所涵养的嗜好以及品味。

可惜现在绝大多数想开咖啡店的人，没有破釜沉舟的创业决心，没不断追求进步的意志力，以上两者都没有，连店及老板也没有吸引人的独特个性。经常看到许多小咖啡店，门面玻璃上贴着"正常十点开，睡过头十一点，心情不好不开"，尽管是轻松俏皮话，可我并不觉得这种态度能把店开下去。

很多人忘了"店"毕竟是用来做生意，不是让你用来逃避现实生活的方式，我不只是跟你谈梦想，谈的是很实际的赚钱事，否则你开间咖啡沙龙，免费请朋友来天天聊诗歌与远方得了。

1– 你在店里看不到义式咖啡机，倒是有很多玻璃瓶瓶罐罐，光线反射在瓶盖上，让原木吧台闪耀得特别绮丽

我有个朋友在重庆大学边上开了十几年的咖啡店，有回去找他，在沙坪坝街上边走边聊，忽然迎面而来一女同学，拦住他问是不是某某咖啡店的老板？女同学说几年前学校排戏，咖啡店赞助过他们，表示非常感谢。

每当我回想起这件事，总觉得大概是开咖啡店，或者任何店都一样，你能开一间店，一开几十年，不仅会成为该行业的名人，连带得，能够成为当地好几代人的共同回忆，你的个性能影响一代代的人，大概是开店者最大的回报。

甚至，专注在某个领域够长久，在不动的位置，看尽人事间的流动与变幻莫测，肯定能明白很多人生道理。

云林斗六的吾爱吾家咖啡馆也是一间老派的昭和风咖啡店，一般台湾人对云林的认知都是乡下农业县，很土的地方，你说快四十年前，咖啡及咖啡店还被贴上"上流"符号，还没有普及的时代，在这种小镇上开间咖啡店，可想而知，当年老板庄先生回乡开店初期，有多困难了。

开店三十九年，庄老板最喜欢观察各种故事，故事之所以是"观察"来的，店开了那么久，很多故事不仅是"听"来，更多是从进进出出的客人中"看"来的。我请庄老板分享透露几个印象深刻的故事，"嘿嘿嘿，专业的咖啡店老板，听到的故事只到耳朵里就结束了。"庄老板说得轻松，我到此时才知，老咖啡店里老客人爱坐吧台，那不只是爱跟老板闲扯那么简单，客人身份各式各样，那要有多少情感与信任才会让他们坐在你前面，有一句没一句讲些不着边际的话给你听。

在乡下小镇开店毕竟不像大都市，客人形形色色又更草根一些，庄老板坐在窗户前的皮制大沙发上跟我聊天，说以前很多流氓大哥都爱到他店里"谈"事情。众所皆知，云林的一大特产就是向外地输出"兄弟"，这些兄弟上闯台北下荡高雄，开出了一片天，也学会了都市的腔调——喝咖啡。回到乡下老家后，想喝咖啡只能到他的店，要找比较体面的地方"谈"事情也只能到他的店。幸好这些大哥们，在外虽然剽悍，进到店里都很尊重老板，乖乖听老板的话。每次谈事情，如果谈到激动处，两边声音越来越大声，热爱古典音乐的庄老板，就会故意把音响越开越大声，大哥们就知道了："头家，别紧张啦！在这不会闹事啦！"

庄老板每聊一段时间，就要跑出店外骑楼下看咖啡豆烘得如何，它的设备倒也简单，一台简单功能的烘焙机，架在自己改装过的老桌台上。这台机器也用了快二十年了，他时不时拿吹风机往炉里吹，机器不断冒出白烟，香气弥漫了整条街道，庄老板边烘边跟儿子讨论烘豆方式。

郭台铭五年前曾经批评台湾年轻人"都不想创业，只想开咖啡店"。引起热烈的讨论，他说对了一半，开咖啡店也是一种创业，有间小小咖啡店是很多人的梦想，但你是否看到一间咖啡店成功背后，那些超乎想象的辛苦与努力，比你帮别人打工还辛苦。更甚者，看着身旁朋友过上似乎多彩多姿的日子时，你是否战胜得了那种日复一日，一直在重复同一件事的孤寂感。

店里放音乐，蔡琴的歌，20世纪80年代欧美流行金曲，古典乐曲等几种风格轮着放，我坐在吧台前，转头看见庄老板坐在沙发上看报纸，看着看着，慢慢睡着了。窗外人来人往，车从左边来，往右边去；从右边来，往左边去。街对面空地被围起来，是一待建项目，在这吧台一站几十年。抬头望见小镇上物换星移，人事变迁，那是一道人生的风景框，即使这些店已现今的审美已经是暮暮垂矣，但也变成这街坊中不可或缺却的一道生活景色。

与其说是老板在顾店，不如说老店在照顾着老板的余生。

我是孤独的美食家

I'm a lonely foodie

Text & Photo | 赵文瑄

赵文瑄

中国台湾资深影视演员，1992年，主演李安导演的电影《喜宴》，该片入围1994年奥斯卡最佳外语片，还曾主演《雷雨》《大明宫词》等优秀电视剧作品。2012年凭借电影《辛亥革命》孙中山一角入围第31届大众电影百花奖最佳男主角。

美食与爱情一样，是一个永恒的话题。

风靡日本二十多年的漫画作品《孤独的美食家》，在中国拥有颇高的人气，众多自称"吃货"的人们纷纷成为其忠实的"粉丝"。在这部作品中，主人公五郎在工作之余的闲暇时间里，游走在日本的街巷之中，探寻藏匿于其中的各式美味，填饱肚子的同时也打发了百无聊赖的寂寥时光。

五郎造访的食肆都是大众化的店铺，而且这些店铺在现实生活中的确真实存在。它们隐藏在深巷之中，想要找到它们颇需几分不期而遇的缘分。五郎生活闲散，没有家庭和应酬的羁绊，对味觉体验的强烈追求，促使他对探寻美味的行为不觉疲乏。这种生活态度孤独、自由而又充满乐趣，但对于经济飞速发展背景下的中国观众来说，能够像五郎那样悠闲自在地寻觅美食，心无旁骛地享用一顿午餐已成为非常奢侈的事情。观看《孤独的美食家》大概早已成为人们对于这种自在生活的一种向往与补偿。

2015 年，中国版《孤独的美食家》在网络上开播，引来众多"吃货"侧目关注。在中国版里，第一季的故事发生在台湾，讲述着发生在宝岛上的美食故事，各路"大咖"的加盟，也让这部戏的热度迅速攀升。赵文瑄在这部戏中扮演了主人公，但他的名字由五郎变成了更加本土化的"伍郎"。虽是一字之差，但从主人公名字的写法的改变大概就已剧透，这部戏的故事要比原著显得更有人情味儿了。除了单纯地讲述美食以外，戏中的大量篇幅留给了美食背后的故事，在展现台湾丰富的饮食文化的同时，把充满着古早味的质朴民情也传递给观众。

在此之前，赵文瑄参演过许多影视作品，他所扮演的诸多角色都给观众留下了深刻的印象。出道伊始，赵文瑄即与李安合作，出演了《喜宴》和《饮食男女》两部经典电影。但对大陆的很多观众来说，电视剧《大明宫词》中的薛绍才是他"帅蜀黍"形象的最佳诠释。

作为演员，赵文瑄对自己的身材与修养有着严格的自我要求，但在工作之余，他最喜爱的事情却是读书，温文尔雅的谈吐间时常不经意地引经据典。身处娱乐圈，游走名利场，能如赵文瑄一般把读书视作生活中不可或缺的人已是不多见了。

关于美食，赵文瑄坦言自己其实并无过多追求，拥有最多的却是回忆。诚然，美食之所以能够令人趋之若鹜，除味道本身对味蕾的冲击以外，更多的因素恐怕就是其背后的故事了。我们都曾品尝过记忆中的美食，若干年过去，物是人非，一些常令自己魂牵梦绕的美食怕是此生再也吃不到的东西。也许我们早已忘记了食物本身的味道，但我们能够铭记一生的却是那有关美食的家庭记忆。

Interview

遇见台湾 × 赵文瑄

遇见台湾（以下简称 Y）：........................ 赵文瑄（以下简称 Z）：

在中国版《孤独的美食家》里面，有很多情节将美食与人生感悟联系在一起，您在日常中品尝美食的时候，除了满足口腹之欲以外，是否也会有这样类似的感悟？有没有一些餐桌上的细节会震撼到自己的内心。

我记得中国版《孤独的美食家》中，有一集叫作《爸爸的蛋炒饭》，剧中的女儿嫁给了台湾的一位大厨师，也就是总铺师。她老公每天炮制各种山珍海味给她吃，但她还是最喜欢吃她爸爸做的蛋炒饭。显而易见，她所品尝到的就不光是味道了，还有她们父女俩相互间的感情，以及对家乡的感觉。因为她爸爸做蛋炒饭用的都是家乡的佐料，包括不一样的油、葱、米、蛋，做出来的味道会有很微妙的不同。

我真的认为一个人做菜的心情也会影响到食物的分子结构，我们经常讲妈妈烧的菜很好吃，有一种独特的味道，其实不仅仅是物质的东西在起作用，而是她在烧菜的时候怀着对小孩的爱心，希望孩子吃得好，吃得健康，希望孩子喜欢吃自己做的菜。妈妈抱着这种爱的心态做出来的食物就会不一样。

小时候，我妈妈做的包子、水饺、面条，还有她料理的鸡和鱼的味道，和我回到山东老家探亲时吃到的味道是一样的。当时我真的很惊讶，因为我妈妈已经过世二十多年了，所以我很久没有吃到她烧的菜了。我以前要吃这种山东莱阳老家的口味，只有在家里才能吃得到。

有一次我去一个同学家，他妈妈是济南人，她做的韭菜包子和我妈妈做的味道一模一样。我妈妈在将近 30 岁的时候来到台湾，所以她已经在山东老家累积了料理食物的固定习惯，可能同学的妈妈也是如此，习惯了用同样的手法来做食物。心灵的力量和家乡带给一个人潜移默化的影响，都对食物的料理产生了作用。

以前有部墨西哥电影，叫作 *Like Water for Chocolate*（《巧克力情人》），过去我根本看不懂它想要表达的意义。在电影里，当主人公心怀恨意地做菜，每一个人吃了都会拉肚子；而当她怀着欲火做菜的时候，每一个人吃了又都充满激情，食客的心情都会随着她烹饪时的情绪而高涨或阴郁。我现在就越

来越懂得这部电影想要表达的那种微妙的意义。其实艺术创作也是一样，宾馆里悬挂的装饰画一般很难打动别人，可如果是画家用心创作的画作，你看到它的时候，立刻就会发现作品放射出对心灵的一种感召力。烹饪在某种意义上讲也是一种艺术，会反映出制作者的内心世界。

Y: ┄┄┄┄┄┄┄┄┄┄┄┄┄┄┄┄ Z:

在剧中，伍郎走到台湾平溪的老街，除了感受到越来越浓的商业气息，同时也能依稀感受到扑面而来的"古早味"。在您看来，最能代表台湾"古早味"的是什么？这种"古早"的感觉又是从何而来？

现在台湾的很多古早味都是人工的，社会经济发展到了某一个阶段，大家忽然回过头来，反而觉得以前的很多东西更应该去珍惜。有一本书名叫《青田街七巷六号》，它的作者亮轩（马国光）五岁随父亲来到台湾，他的父亲是国际知名的地质学教授马廷英，来台湾是为了接收光复后的台湾大学。

他们家住的那一带都是日式的房子，台大的教授大都住在那边。亮轩从小在那里居住，直到高中毕业，他见证了台湾受日据时期影响的那些痕迹。他家的房子本是一位日本教授自己设计的日式住宅，包括院子和花坛。那位日本教授回东京之前，将房子卖给了马教授。当时台大教授的待遇并不高，马教授连房屋税都付不起，他只好将房子送给台大，由台大再分配给他用来居住，而房子的修缮维护费用就由台大来支付。现在想来有点可惜，因为这一带是台北的文教区，是台北房价最贵的地段。

亮轩的这本书，就是写他小时候在这所房子里经历的故事。他并非按照时间的顺序对文章进行架构，而是按每个房间的顺序娓娓道来。他会写大门口发生的故事，接下去写在玄关发生的故事，一直到走廊、客厅、庭院，都是这样一个场景一个场景地写。他还写到他们家养过的猫、狗还有鹅，这样写非常有意思，因为台湾已经很少有古早味的建筑了，都是重新修建而试图恢复那种。他对老房子的记述就是一种见证，让现在的人知道以前那种古早味的可贵！

真正的古早味就是要还原食物纯正的自然味道，而做到这一点的背后是从业者的用心和人情味的体现。

但是台湾的人和时代已经变了，恢复的古早味也只是对过去美好的一种追怀而已，不可能与我们现在的生活有许多结合。回想起来很美好，但现在的年轻人已经不可能与过去那个时代的人有一样的体会了。

我觉得台湾的古早味和日本很类似，我有一次去日本，走在福冈、东京城区的巷道体会到那种宁静，让人产生一种岁月安稳的感觉。这就很像台湾的小街小巷，它不是刻意规划出来的，而是自然而然应运而生。以前人们可能会觉得这些街巷毫无规划，乱七八糟，但多年后的现在会觉得这些街巷很有味道。我的很多大陆朋友都很喜欢在台湾的这种小街小巷里穿行，感受那种自然而协调的氛围。这也许就是台湾现在留下来的古早味，所谓的古早味是一种精神而不是物质方面的东西。这种古早味，也许在鹿港和淡水的老街还能找到，这些古早味的街巷里不会突然出现一家麦当劳之类的快餐店，也不会强迫街巷两边恢复原状，那些新旧混杂的建筑本身就是时代变化的见证者。古早味不单是指街巷和建筑，也配合着人情和风土，小吃就是其中之一。

我从小就听人讲永和豆浆有多好，但我真正第一次去品尝，已经是三十多岁的时候了。那次我在台北的一位朋友家聊天到很晚，于是大家决定去吃消夜。通常吃消夜都会找比较近的去处，因为在台北，不论住在哪个角落，附近肯定会有夜市开到很晚。但他们偏偏要去开车半小时才能到的永和，我只好随着一起去。那次我喝到了平生最好喝的豆浆，我感觉永和的豆浆的分子结构就和其他地方的不一样。它的味道除了香浓以外，喝下去还有一种喝水般的润滑。黄豆的香味很天然，没有那种经过仓储而导致的发霉味道，用料非常新鲜。台湾和大陆一样，有很多打着永和豆浆名号的豆浆店，但只有那一家永和的味道最好，不是浪得虚名。

另一个值得称道的就是淡水的鱼丸汤，用料实在。不知从什么时候起，大家认为制作鱼丸掺很多面粉进去是很正常的做法。淡水的鱼丸不是这样的，他们一定要用纯正的鱼肉制作，那味道真的不一样。我有一位福建的朋友常说家乡的鱼丸好吃，有一次我带来很多冰冻的淡水鱼丸给他，告诉他把鱼丸解冻后配上芹菜末做成鱼丸汤就很好吃，他每次吃过都是赞不绝口。

所以真正的古早味就是要还原食物纯正的自然味道，而做到这一点的背后是从业者的用心和人情味的体现。

Y: .... Z:

这次拍摄《孤独的美食家》合作的艺人也非常多，其中"黑人"陈建州也有参演，他在生活中非常喜欢吃牛肉面，不仅因为它的味美，更是因为牛肉面留给他很多童年的美好回忆。不知在您个人经历中，有没有这样充满往昔回忆的食物或相关的经历？

其实我和陈建州的父亲曾是同在华航工作的同事，我们过去常住同一间宿舍。他父亲是个非常可爱的人，平时为人热情周到。他曾经是台湾的健美先生，经常指导同事们健身锻炼。在飞机上他还经常即兴地用非常幽默的，最乡土气，最古早味的闽南语对乘客们进行广播，那些老人家都非常喜欢听他讲话。他父亲就是这么有趣的人，如果陈建州和他父亲相处的时光能再多些就好了。

说到陈建州喜欢吃牛肉面，可能和他从小在华航的员工食堂吃牛肉面有关。华航确实有注重餐食品质的传统，除了员工食堂以外，华航头等舱的早餐也有牛肉面可供选择，而且做得非常讲究。当然，陈建州对牛肉面的热爱不仅是味道上的喜爱，更是寄托对父亲的思念了。

其实莱阳桃酥对我来说就如同牛肉面对陈建州的意义。莱阳梨在大陆非常有名，但莱阳桃酥并不出名。可是与之相反，莱阳桃酥在台湾却很有名。我爸爸是个职业军人，生活非常有纪律性，从不贪嘴。而我印象中他唯一喜爱的零食，就是能够令他与故乡产生细微联系的莱阳桃酥了。不过台湾没有莱阳梨，所以爸爸从不吃台湾的梨，觉得口感不好。

在台北的罗斯福路上有一家卖莱阳桃酥的店，老板就是莱阳人。小时候我爸爸就经常到那家店买桃酥回来吃，但我却嫌桃酥太油腻而不爱吃。有一次我回莱阳老家探亲，特地带了台北的莱阳桃酥给老家的亲戚品尝，他们都说这个桃酥和现在莱阳当地做的桃酥味道不一样，台北的莱阳桃酥的味道才是他们小时候吃到的味道。我现在有机会还会去光顾罗斯福路上那家桃酥店，因为看到莱阳桃酥就会回忆起我爸爸。

Y: .... Z:

在某一集中，主人公感叹台北的棒球场如今变成了小巨蛋，那场两人约好同去观看的比赛也无法实现了。您在后来也向记者感叹过很多原来可以吃到的台湾本地美食，现在因为种种原因也失去了踪迹。能否说说在您印象里，台湾有哪些失去的味道让您觉得十分惋惜？

台湾过去有一种蛋饼，现在已经找不到那种味道了。假如有一天，天津的煎饼果子失传了，天津人一定能体会到那种美味消失后的感觉。小时候那种蛋饼是用一块油油的面团擀成非常有弹性的面饼，然后用油去煎并打鸡蛋上去，最后抹上东南亚风味的甜辣酱卷起来吃。那个味道非常诱人！我们小时候是拿蛋饼配上豆浆或者日式味噌汤来当早点的，现在回忆起店家制作蛋饼的场景历历在目，师傅一丝不苟地擀好面，让那个面饼吃起来非常有嚼劲。有一次朋友和我说，在三芝有一家店做的蛋饼很好吃，我还特地从台北开了一个半小时的车去那里品尝，确如朋友所说，那家做的蛋饼和我以前吃到的味道一样，只是现在不知道这家店还在不在，所以最大的遗憾就是现在很难吃到那种味道了。类似这样消失的味道还有很多，比如小时候台湾路边随处可见的阳春面，现在也没有过去吃起来那么香，那么过瘾了。

Y: ·· Z:

中国版《孤独的美食家》剧情氛围总是带着淡淡的伤感，但伍郎在品尝过美食后，却有种被治愈的效果。有人说美食是药，不能停。美食真的有治愈心灵的功效么？您觉得对您有效果的美食良药是什么呢？

我看过一部电影，叫作《芭贝特的盛宴》。看过之后你就会觉得美食对心灵岂止有治愈作用，它的作用堪比一种类似宗教上的力量。那个故事发生在丹麦沿海的一个清教徒小镇，住在这里的清教徒认为美食就是魔鬼的诱惑，所以吃东西越简单粗糙越好。一位来自巴黎的女子芭贝特到这里避难，她看到这里的人们饮食粗糙乏味，不仅没有任何口腹之欲的满足，也影响到每个人的心情。他们自命清高却在教堂做礼拜的时候争吵不休，气氛很不融洽。于是芭贝特想改变大家的观念以报答他们的收留之情，她耗费巨资制作了一桌法式大餐邀请小镇的人们来品尝。神奇的是大家接受邀请享用完这一顿天价盛宴后言归于好，都成了上帝的好孩子。最后众人才得知芭贝尔原来是一位隐姓埋名的天才厨师。

这真是部充满传奇色彩的电影，还曾获得 1988 年的奥斯卡最佳外语片奖。片中那位认出女厨师身份的将军，在赞美她厨艺的同时，还曾说过一段非常深刻的话。大意是说人生没有什么不可能，每个人都要面对此生做出选择，并为选择而苦恼、恐惧。但其实并非如此，我们的每一种选择都是上帝的恩赐，而每一种我们所放弃的东西，也是一种恩赐，不必因为恐惧彷徨而患得患失。现在自己年纪越大，越能体会到这段话的深刻含义，对事业中大大小小的选择也不再纠结，凭自己的直觉去行事，结果往往是最理想的。

而其实对于我自己来说，能够治愈我心灵的不是美食，而是书。印象中在我经历的所谓人生重大危机时，我都会从书架上随意拿一本书，一旦看进去，所有烦恼也都忘光了。等一本书看完，事情就基本上过去了，心情也已经释然。极端点来说，食物是为了续命而已，不会特别讲究，而读书对我来说才是必不可少的，是对灵魂的治愈。

Y: ·· Z:

"陪自己吃饭"是《孤独的美食家》中伍郎的口号。但如今在现实中，很多上班族并无闲情逸致好好陪自己吃一顿饭。除了拍戏中忍受那些不堪的便当，您在生活中是怎样陪自己吃饭的呢？

确实，作为演员，拍戏时的饮食不会很讲究。但平时闲下来，我偶尔也会自己做饭，我甚至能把煮方便面搞得很复杂。我最爱吃大白菜，所以煮面时先在白水里放很多切碎的白菜帮，这会让煮面的汤水非常香甜，而且我总感觉大白菜能冲淡面和佐料中的人工香辛料和防腐剂。等水快煮开时，再把泡面和佐料一并放进锅里，之后拍两瓣蒜放进去。出锅前再打个鸡蛋，用刚才留着没放的白菜叶盖在最上面焖一下出锅。这样煮方便面，吃起来一点都不会腻，还去除了很多化学添加剂的味道。

食物是为了续命而已，不会特别讲究，而读书对我来说才是必不可少的，是对灵魂的治愈。

我既可以享受一个人用餐的时光，也喜欢大家一起聚餐，尤其是和朋友们聚在一起。只是有时朋友一多，就光顾聊天，忘记吃了。所以还是一个人吃饭的时候才能去品味美食本身的味道。但我感觉自己的味觉细胞没有那么敏感，我对食物的要求真的不高，吃到一种满足感就行了。只要爱吃一样东西，我天天去吃都不会觉得厌。

Y: ………………………………… **Z:**

您曾吐槽过在拍戏时吃到的盒饭，相比之下，台湾的便当要精致和好吃得多。您如何评价类似台湾便当这样平价但味美的食物呢？

台湾的便当里面最具特色的就是铁路便当，我过去乘火车经常一顿饭吃两份便当。大陆的盒饭确实和台湾的便当有差距，我认为是制作观念的问题。台湾在制作便当时，是根据便当的特性来制作，选用那些比较干、比较下饭的食材，并且搭配合理的料理方式。而使用那些汤汤水水的食材，即便原料很好，用来制作盒饭也不会好吃。其实制作盒饭，就是要在制作成本很低廉的情况下创造美味。只要制作者能有用心、精心的态度，一样能把盒饭做得很好吃。

Y: ………………………………… **Z:**

您曾说过，相比日本原版《孤独的美食家》的表演者松重丰，您才是真正的五郎。但中国版播出以后，观众普遍感觉在内容结构的安排上与原作大相径庭。以您的角度来看，《孤独的美食家》经过改编后，与原版最大的不同之处在哪里？那些与食物本身关联不大的故事，是想传达一种什么理念呢？

这两个版本最大不同，可能就是日本版电视剧用了大量镜头和篇幅去表现食物本身以及主人公吃东西的姿态，但我们的中国版注重讲美食背后的故事。其实制片方请我来演伍郎的时候我就说过，吃东西的那部分篇幅用镜头语言交代清楚，意思到了就好，千万不要从头到尾都拍我的吃相。

虽然我知道日本版有不同的处理方式，我的一些朋友也说我在片子里吃东西的镜头太少，但是我还是认为中国版比较好，要坚持这样拍下去。而且作为演员，我希望我演出的作品能够突出的是戏剧本身的效果，而不是猎奇。我认为编剧方面把美食背后的故事当作片子的核心，也是考虑到日本漫画和日本版电视剧的存在，我们拍中国版台湾篇的这部剧最好不要和日本版雷同。而且我在看过《孤独的美食家》漫画后，认为我们的制作其实真正尊重了原著漫画的精神。原著漫画表面上是在表现吃东西的过程，但实际想表达的意义是可以延伸的。作者想表达的情怀不只是单纯的"吃"而已，我们把那份情怀落实在每一集的剧情之中，所以日本原作导演对此也是认可的，并说喜欢我们的版本，喜欢伍郎的那种低调的幽默。

我们中国版《孤独的美食家》的编剧在台湾生活过很久，所以在构思故事的时候，他能够把台湾那种淳朴、浓郁的人类最基本、最真诚的情感，通过朴素简单的故事情节表现出来。我真的看够了那些展示人性丑恶，唯恐不够"狗血"的作品，所以非常喜欢这个剧本，它就像一股清流一样洗涤了我的心灵。

但我最初也向编剧表达过我的担心，现在的观众还能有这样的耐心去看这些故事么？得到的回答是，我们就是要表现这份情怀。这也是他邀请我来演伍郎的原因，希望这部剧经得起时间的考验，而不是迎合人们一时的观感。

饮食男女

电影中的

Eat drink man woman in movie

Text & Photo | 心生

微博名迷影心生，知名电影博主，
微博头条文章作者，拥有七百余
万微博粉丝，以他独立不受干扰、
文艺且有深度的影评文章受到众
多网友的喜爱。

电影首先是一种视听艺术，依赖视觉的展现与听觉的传达。而味觉是完全不同的感官体验，想让电影画面里的味道直抵观者的味蕾，并非易事，但电影中却并不缺少对味道的描绘与表达。创作者们，会想尽办法，让客观上不会散发任何味道的电影画面，渗透出诱人的味道。实现这一目标的基础，是可以通过对观者视觉和听觉的刺激，勾起一种味觉通感。

所以电影里的味道，也是最需要观众参与进而实现补充的一种表达方式，它永远只存在于观者的体验中。并且，当观众完成了这种自发或情不自禁地，对电影画面到味道的转化，也会很容易再由此被唤起与它相关联的某种记忆，朦朦胧胧，世事过往。那些已散落到岁月角落里的记忆片段，好像都被某种味道封存了，而当我们再次嗅到这种味道，那些往事也会飘回脑海，这些味道，在台湾、闽南一带地区，有这样一个统称——古早味。

古早味在台湾电影中也频繁出现，成为一种味觉上的独特景观。

独家记忆 ————————————————————

其实古早味投射到每个人的记忆里后，带回的往事云烟都是独特的。与它相连的，可能是夕阳落山时老屋房顶的袅袅炊烟，可能是母亲当初的一句话，可能是故乡那轮明月、房前的老树，可能是某个已多年未见的儿时玩伴，也可能是某段伤感的经历。这是味道的魔力，它所关联的，都是独家记忆。于是当这种记忆被古早味唤醒后，每个人的反应与感受也不尽相同。

《总铺师》中虎鼻师很拿手的炒米粉，牵出的是一段几十年前遗憾的情感记忆，古早味在这里，是极致美味，也是无限伤感。虎鼻师是一位传奇总铺师，五十几年前，由他掌勺的一场喜宴上，一对男女相遇，五十年后，他们找到了虎鼻师的徒弟，号称人间活食谱什么古早味都会的苍蝇师，希望他能再做一桌当年的古早菜。八宝米糕卷、穿素虾、通心鳗、菊花笋丝干贝、五福拼盘、白菜卤、烧鳝鱼、鸡仔猪肚鳖等十道古早菜，构筑了他们最难以割舍的初遇记忆，古早味在这里，是怦然心动，是铭记于心的青涩美好。所以老奶奶也才会说，有了这桌古早菜，结婚才有意思。

在《鸡排英雄》中，被利益蛊惑的张议员，在阿婆的四神汤里，找回了曾经的良心，在最后一刻选择站在"八八八"夜市摊主的一边。毕竟，性本善吧，当我们被这种老味道带回到一种离我们生命始初较近的阶段，我们自然不自觉地出现人性的回归。

而在李安经典的"父亲三部曲"最后一部《饮食男女》中，朱家倩说自己好像没有什么童年记忆，只有通过去制作那些"祖庵豆腐"似的老味道美食，才能把那些独家记忆唤醒。然后想起，豆瓣鱼是温叔叔教她的第一道菜，想起儿时父亲总喜欢带她到大厨房玩，也是在那里学了几手。对于朱佳倩

和老朱的其他两个女儿来说，最熟悉的老味道，应该就是父亲手下的美食了，那也是一种让人又爱又为难的约束力。父亲每周都会做一大桌美食，以此凑齐四个各有心事的人。这多少让老朱看起来有一股壮士暮年的无奈与苦楚。

一盘普普通通的番茄炒蛋，是《总铺师》中"料理医生"在美食比赛最关键时刻，拿出手的菜，那是母亲在儿时丢下他时做给他吃的，从此成了他对母亲的怨气导火索，而如今，他说自己过得很好，已经没有怨气了。他在师傅的指导下，在烹饪美食的过程中，不仅去除了食材的"怨气"，也让自己记忆深处的怨气一并随风而逝，进而完成一种和解。

完成类似和解的，还有《到不了的地方》中的李铭。影片的一个核心线索，是李铭一直想要寻找的金针汤。很多时候，旧心事就像古早味一样，长久难以忘怀，当然老味道本身，有时也会有一种牵引力，让人念念不忘。这碗汤，是李铭小时候跟爸爸在台湾太鲁阁游玩时喝过的。那天他们一家四口人跟神木拍了张合影，后来，这张照片不见了，跟它一同不见的还有这一家人的融洽。从此，那碗金针汤，便不知不觉成为李铭心头一种独特的牵挂。这便是味觉记忆神奇又诡谲的魅力。那个"到不了的地方"，是旅行的动因，但并不是旅程的必要终点。李铭在寻觅老味道的这一路上，不断与美食以及它们所关联的故事相遇，不断回首、不断微笑释怀，并且最终在那碗熟悉的金针汤中，完成跟自己以及跟母亲和弟弟的和解。所有的过去，并不会烟消云散，不过往往都成了云淡风轻，成了一种有味道的故事，埋进了独家的记忆里。这些独家记忆，藏在古早味里，进而牵连着种种美食，靠着一代代手艺人的技艺，得以蔓延、传承。

技艺坚守 ——————————————————

从普通食材到特色美食的转化，得有手艺人的加工。厨师这个行当，可大可小，他可以是高级大饭店的主厨，也可能是小摊位的掌勺人，他们运用掌握的技艺，完成对食物的雕琢，进而在有意无意间完成对老味道以及美食技艺的坚守。

《饮食男女》里的中国菜大师老朱，技艺精湛，只要他在，圆山大饭店的老板就会觉得安心。圆山大饭店，是台北的地标性建筑，也是台湾顶级饭店之一，老朱曾是这里的主厨，如今虽然已渐渐老去，还是要偶尔去救场，这足以展现老朱的地位以及他的美食成就（并跟老年生活形成强烈反差）。这可以掌控得了大场面宴席的名厨，拥有着随岁月不断积累出来的、他人无法短时可企及的技艺，几十年的坚持，让美食成为他们生活的一部分，老朱家里也有着自己的"大"厨房，那是别人的禁地，只有老朱才能在里面"大烧特烧"。无数人品尝过经他加工好的美食，那些味道也被刻在了食客们的心中，成为一种跟地域和时间相关的美食记忆。

而在民间，也存在着很多美食手艺人，他们的技法和工具相对简单，但是基数更加庞大，也更加贴近食客。这类美食手艺人，最常见于街边那种简易的摊子上，比如《一页台北》中，小凯一家人就在街边开了一家叫作"火生"的小吃店，店门口停放着一个招牌摊车，摊柜上正贴着醒目的三个字——古早味。对于这类摊子来说，台湾的夜市才是它们的天堂。大部分台湾人都会有游夜市的经历，儿时、学生时代、长大成人后，夜市都可能存在于某段记忆里，成为一种古早味的具象存在。

于是，夜市自然也就常常出现在台湾电影中。《艋舺》中，曾经"龙蛇杂处"的台北著名夜市华西街观光夜市，见证着那群热血青年的疯狂岁月。《一页台北》中，第二天要去法国的小凯，来到了师大夜市，在那里邂逅在书店里偶尔聊过几句的Susie，他们一起排队买生煎包，又因为阴差阳错，让两人以此为起点，奔跑在台北的午夜街头，心也由此慢慢靠近。

在《鸡排英雄》中，影片搭建了一个现实中不存在的"八八八"夜市，虚构只为便于拍摄，

1– 《总铺师》中的古早菜之一：换骨通心鳗
2– 《总铺师》中的炒米粉
2– 《总铺师》中，王老板决定把古早味酱油拿出来给小婉用

其风貌与现实中的台湾夜市无疑。一群小摊主们，各自经营着自己擅长的美食小吃，椰仁乳、鸡脚冻、鸭掌、大鸡排、章鱼小丸子、芭乐脆等，台湾各地美食汇聚于此，每个摊子的手艺人，自认他人所不及，常常互相挤对，抢食客，拼技艺，热火朝天，好是热闹。他们是普通的劳动者，每天为了生活辛苦制造美食，然而这些古早味美食小吃，就在他们不经意间的坚持中，得以保留下去了。

当然也有非台湾电影出现台湾夜市的情况，比如《春光乍泄》尾声时，黎耀辉在返回香港前，来到辽宁街夜市。在那里，他见到了小张父母，吃了一碗他们推荐的米糕，明白了小张之所以可以四处游荡，是因为有一个地方可以让他回去，这个地方，便是由小张父母坚守着的、靠这种小摊美食所供养的家。

而有时，技艺的坚守，恐怕要更加贴近生存的初始层面，当然，也可以说成是一种自由肆意的生命选择。《总铺师》中，吴念真扮演了另一位曾经的传奇总铺师——憨人师，有人说吃他做的菜，会特别感受到当人的滋味。如今他已不再是厨师，而是流浪汉了，住在地下铁隧道里一块废弃的区域，但还是点着一个灯箱，上面有点滑稽地写着"憨人大饭店"。他会用大家收集来的残羹冷炙来"办桌"，那些流浪人、工人还有小婉，会因为他的食物或者说那种当人的滋味，而流泪。他还会淡然又兴奋地跟小婉讲述旧时的办桌过程，小婉问那总铺师赚到的是什么，他说，赚到感情、人情、自己心里的欢喜，这就是古早时代的总铺师，"不过这种时代，不会再回来了"。这些，应该就是他跟小婉说的古早心了，有这古早心，才能煮得出古早味，这也是传统美食技艺人最深刻的坚守。心若欢喜，菜就好吃。这是一种手艺人的从容与幸福。

所以这般看来，美食技艺，无论是在雅堂，还是在市井，都有符合对应环境的手艺人在坚守，让古早味弥漫在岁月流光里，日久弥香。

味道传承

古早味，强调一个内核——老味道，然而老味道有时也会随着时间的推移发生变化。这里面牵扯着人们对于传统的坚持与融合。

《总铺师》中，苍蝇师的老婆，非常看不惯如今有些厨师不熬高汤反而用味精，冰雕要靠灌模子，薯条也上桌等等做法，担心这会让传统不见了。其实这种担心并不少见，尤其在都市里。很多古早味美食小吃的传统技法，逐渐被生产流水线所取代。随之减少的，还有那些美食手艺人。好在，一直会有人坚持着，用古朴的方式，传承着美食千变万化的味道。这种味道传承，有时是实物的交接，比如恩人送给小婉的40年老萝卜干，还有王老板给她的古早味酱油。有时不然，得以传承的，是一种前面提到的古早心，或者是一种传统技法，抑或是通过一种生活化的哺育与反哺而传承的家庭味道。而这传承，有大有小。

这种"大"和"小"，在《饮食男女》中的老朱身上，都有体现。一方面，老朱经过几十年的厨艺积累，吸收了多菜系的传统美食文化和技法，得以让美食在他的手中相遇、融合与演变。进而使得那些传统的中国菜美食，在一代代的台北食客口中留香，变成了一种老味道，流入到他们的味觉经验中，成为一种记忆的索引（这种索引，就像《到不了的地方》里那碗金针汤，儿时不经意间遇到的味道，成了长大后的古早味，一生牵挂），并在脑海或是实践中，把这些味道传承下去，这是"大传承"。另一方面，退休下来的老朱，成了一个普通的老人，柴米油盐，世事琐碎，不过，面相上风平浪静，实则内心爱潮涌动。而这种爱，也具化为他对锦荣女儿珊珊的疼爱，每天送去给她的那些装在餐盒里的美食，让年幼的她满是幸福与骄傲，那些味道也必然刻入她最深层的童年记忆中，等待着未来的想念与回溯。这便是蕴含在生活碎片中的"小传承"。

除了这种与美食必然相连的味道的传承，制造味道的美食技法本身，也会不经意地传递下去，有时是因为命运的戏谑，有时是人生的无常。

《总铺师》中苍蝇师的女儿詹小婉，与《饮食男女》中的朱家倩同样都有着美食天分，但长大后又都没能继承父亲的厨艺，不过原因却不相同。家倩热爱烹制美食，但是朱爸不让，他想让家倩去学更有用的技能，而小婉是有着明星梦，内心抗拒以厨师为职业。两人都没能在第一职业上，得以传承父辈的味道。

但是，来日方长。小婉后来为了寻找以及烹饪古早味，磕磕碰碰，在美食决赛上，她在现场表演炒鳝鱼时，在火光中看见向她微笑的父亲，那是在为女儿骄傲的父亲。不管比赛结果怎样，这一路对古早味的寻找与收获，让小婉决定改行，跟母亲一起"漂漂亮亮地"做起了便当。而家倩，虽然永远也没能当成厨师，但却把当初的技艺，融到了日常的美食中，不曾想到，她成了那座老屋的守护人，成了家宴的掌勺人，岁月走了，人不齐了，至少还有她留在老屋里，用熟悉的味道，等待父亲的归来。

饮食男女，人之大欲，无论是为生存还是为安乐，饮食一直伴随着我们的人生体验，从未缺席。而古早味，是所有饮食味道中，最容易勾起个体情感体验的一种味觉总和，它带给我们的常常是对往昔与故人的不舍。而随着时间的流走，人在变，技艺也在变，古早味也在一代又一代人的记忆中，完成一次次的更迭，不断进化、演变，成为一种旧时记忆的味觉具化，成为一种永远的留恋，与想念。

岛屿厨房

Island Kitchen

Text & Photo | 陈淑华

陈淑华

台湾彰化人，为台湾资深媒体人
和自由撰稿人。曾任《经典》杂
志采访召集人；为《大地地理》
杂志撰述；宜兰县兰阳博物馆丛
书项目主编；文章曾获台湾杂志
类金鼎奖和台湾永续报道奖、文
字报道奖。

1– 三层肉与蘸酱

台湾族群多元，除了几百年前来自厦漳泉的闽南人，以及原乡为闽西粤东的客家人外，还有 1949 年随国民政府撤退来台的大陆各省人士，当然更不能忽略在岛上生存千年以上的南岛语系"原住民"，以及近一二十年从大陆或东南亚各地嫁入台湾的女性组成的家庭所形构的"新住民"，不同时代从不同地方移入的族群，各自适应台湾的风土坚守属于自己的滋味，进而共创了一张多姿多彩的岛屿餐桌。台湾族群多元，除了几百年前来自厦漳泉的闽南人，以及原乡为闽西粤东的客家人外，还有 1949 年随国民政府撤退来台的大陆各省人士，当然更不能忽略在岛上生存千年以上的南岛语系"原住民"，以及近一二十年从大陆或东南亚各地嫁入台湾的女性组成的家庭所形构的"新住民"，不同时代从不同地方移入的族群，各自适应台湾的风土坚守属于自己的滋味，进而共创了一张多彩多姿的岛屿餐桌。而回顾我家的闽南餐桌，北方菜、江浙味、客家风，甚至日式和欧美风格的料理纷呈，但无论如何的多元混杂，从母亲之手，一代传一代的古早滋味总是屹立不摇……

冬天盛产酸到无法入口的酸橘做成的橘酱，调入酱油，用来沾煠三层肉意外地好吃。家里的餐桌，猪肉最常以爌肉之姿上场，偶尔厌倦了它的滋味，甚至懒得花时间"爌"，想换个煮法，换个口味，"煠"猪肉，水煮的猪肉是再自然不过的选择。只不过以前随着这盘白切肉上桌的是一小碟酱油膏或者加了醋多了姜丝的蘸酱。咸中带点微辣的姜醋酱，让层层肥脂交错的三层肉在口中幻化成

1– 五柳枝
2– 梅干菜肉丸子

一种甜美的滋味，长久以来在我家的餐桌自有它难于被撼动的地位，谁知眼前的蘸酱虽同样以咸带酸的路径衬出三层肉的甜美，最后还让我的舌尖涌现一股水果芳香，缠绕复缠绕似的，筷子因而一时也停不下来。这不是我的餐桌创意，而是台湾客家人餐桌上的古早滋味。

2007 年左右，1960 年代出生，父母的先人都来自闽南的我，无意中启动了对自家餐桌的记录，从母亲经年累月做的菜开始，到自己随兴做的菜，透过这一路的追寻，发现我家这张餐桌，随着时代的改变早已不再是单纯的闽南口味。水饺锅贴、牛肉面、狮子头和一品锅等这些大江南北的口味，何时陆续现身在我家餐桌，成为家常菜，成为年菜？正是拜省外族群所赐，特别是他们成了掌权者后，受其对家乡味思念的主宰，台湾一般普罗大众的餐桌莫不遭其"潜移默化"。而 1990 年代以后台湾社会开放了，紧接着全球化的时代来临，意大利面、咖喱饭和可乐饼等等的异国风味也吹进台湾，成为一种平民饮食，最后丰富了每个家庭日常的餐桌，我家也不例外。

近几年来，我家餐桌有时也会飘出客家味。三四百年来，客家人与闽南人共同开发经营台湾，但过去受限于种种历史因素，彼此间总是有些阻隔。直到 1980 年代末，随着社会氛围改变，我才有机会接触到客家族群，认识他们。之后，几十年又过去，终来到他们的餐桌前。没想到同样的一盘煠猪肉，因为蘸酱的不同，就有了不同的风味，而

除了桔酱，还有酱油加入九层塔末（客家人称之为七层塔）的酱汁，甚至连米酒搅盐巴的盐酒都是客家人常用的肉类蘸酱。

这些都超出我传承自彰化闽南农家出身的母亲的厨房经验。记得夏天，我煎茄子时，也学客家人最后撒下一把九层塔，连以往只用姜丝提味的蛤蜊菜瓜（丝瓜）也会来些九层塔。只是这样的口味母亲有些适应不来，倒是从一位苗栗客庄朋友那学来的梅干菜肉丸子，还蛮合她的胃口。梅干菜泡软，细切拌入绞肉，捏成丸子，入锅蒸了，就在电饭锅的开关即将弹起前，厨房早已飘着一缕缕婉转的香味，香中押着甘，那是历时间发酵，又经阳光收敛的气味，借着梅干菜，施以鲜肉的作用吗？客家人的腌制功夫是出名的，芥菜不只制成梅干菜，还有咸菜（酸菜）和覆菜，听说他们的餐桌上有道覆菜肉片汤，让我忍不住下回也想试试。

梅干菜肉丸子果然下饭，但回顾日常，冰箱里的猪绞肉入手，在我家的餐桌最常煮的还是肉彀仔（闽南语发音bah-sīnn-á），锅里的油热了，葱末揸香以后，放下绞肉翻炒，续加酱油炒至香，再加入适当的水，滚至入味即可，当然最重要的是要记得加入事先炸好的油葱酥。

每回家中炸猪油时，常会顺便炸油葱酥，或者要炸油葱酥时就得炸猪油。当锅中白色的肥肉一小块一小块出油成油粕仔捞起以后，便放入切细的珠葱末，原本狂野泼辣得常

令人流泪的珠葱，热猪油里走一回竟被驯化了，而散发出一种喜滋滋的香甜气息，有了它，原本只以酱油衬托猪肉鲜味而略显单薄的肉豉仔，瞬间变得风华十足。客家人更是倚重油葱酥，他们几乎是大辣辣的展现它原来的力道，在客庄吃粄条汤或米粉汤，只见油葱酥伴着猪油或酱油，独撑场面，干面、干米粉亦然，不像我家，像一些台湾闽南人的餐桌，大多会由肉豉仔上场，而将油葱酥隐藏在其中，让它只担任提味的角色，就像客家餐桌上梅干菜肉丸子里的梅干菜。

肉豉仔可以精心炖制，或精选猪肉，或精选酱油，讲究火候，台湾街头小吃所称的肉臊饭即是。肉豉仔也可，或添香菇，或添荫瓜，弹性的加入各种食材，丰富口味，许多有名的台式料理就从中变化而出，带着浓浓乡土味的瓜仔肉，便是其一，偶尔母亲也会做之。不过，许多时候，肉豉仔还以应变之姿出现在我家的餐桌。记得年少时，万一餐桌的菜色太少，为了满足成长中孩子的胃口，母亲快手快脚端上桌的菜，往往是肉豉仔。哥哥的孩子出生，长大了，肉豉仔转成在阿嬷对孙子的期待中，被母亲端了出来，不知不觉肉豉仔从我的手中煮出来，竟也掺了这样

的滋味。

总之，白饭淋肉豉仔，或者拌面，于我家就是人间美味。有时烫青菜也靠它加味，瞬间又让餐桌变化出另一道料理，而吃剩的肉豉仔，几个蛋打下去，原来简单的葱蛋立即升级成葱肉蛋，当然也可转个料理手法，推出肉豉仔蒸蛋。至此，肉豉仔还真是能伸能屈，如此的肉豉仔，让我想起白菜卤。

冬天大白菜盛产的季节，没有特定的目的，从市场买回大白菜，无论如何，在我家它总会朝白菜卤的路走去。爆香扁鱼，香菇炒香，肉丝入锅翻炒，接着倒下洗净的大白菜，盖锅焖煮，至白菜出汁，而吸收了扁鱼，香菇和猪肉的滋味，也就是将融合了各个食材的卤汁，卤进白菜，一道白菜卤便完成了。即使扁鱼用罄，也忘了泡香菇，至少取来家中经年皆备的虾米、肉丝切一切，炒一炒，白菜下锅，仍是白菜卤一道。

小时候，家里刚好炸过猪肉留下了油粕仔，母亲也会顺手将它放入白菜卤中，有时也会从市场买来肉皮（油炸处理

1– 白饭淋肉豉仔
2– 白菜卤
3 – 鸡卷

过猪皮），让它助兴，没想到这样的白菜卤更加的滑嫩可口，久了，肉皮或油粕仔白菜卤在我家形成一种特定的白菜卤，家里刚好有这些材料会想着煮白菜卤。是啊！当心想要煮白菜卤时，它的材料会特别的不一样，蟹脚、干贝丝、笋丝、金针菇等等各种"山珍海味"都可上场，这时通常不是逢年过节，就是家中来了客人。

啊！神奇的白菜卤，包山包海的白菜卤，可丰可俭的白菜卤。大白菜，性温，味甘，有着融合各种鲜味的本事，这一回透过像母亲这一代掌着闽南餐桌的家庭主妇之手，透过她们传下的"卤"功，可把大白菜的本性发挥得淋漓尽致。

当然如此的大白菜买回家，除了白菜卤，在我家还会以"扁鱼肉羹"之名上桌。这道料理，虽以肉类为主角，但如没了大白菜可就乏味了，而大白菜盛出之时，也是萝卜的产季，于是我家的扁鱼肉羹也少不了萝卜，且有笋子会更好。扁鱼爆香，切成适当大小的大白菜、萝卜和笋子接着下锅，翻炒几下，锅子加满水，盖锅熬煮至蔬菜的鲜味释出并与扁鱼的香气融在一起，再下绞肉与鱼浆相拌的肉羹块，肉羹浮上来以后，以太白粉水勾芡，最后打蛋花结尾。

通常有了这样一锅扁鱼肉羹，就可以解决我家的一餐，或淋饭或浇面，再来点蒜头末酱油醋，甚至如有当季新鲜的香菜共舞，那就更美味了！啊！这锅以白菜领衔的蔬菜浓汤把肉羹衬得更鲜美。而这不就与鸡卷所传达的美味，有着异曲同工之妙。荸荠、笋子、红萝卜、洋葱等切碎齐加入拌有鱼浆的绞肉团中，再用网纱（猪腹油）卷成来，入油锅炸，炸成的鸡卷，吃来竟一点也不油腻，还爽口无比，原来也拜那些众多的菜蔬的存在所赐，特别是具有清火功能，咬来爽脆的荸荠。过去鸡卷是办桌才吃得到的料理，因为母亲的巧手，变成我家的年菜，到今天连平常的日子都吃得到它，鸡卷在我家的餐桌自有一种令人难以抵挡的滋味。

餐桌滋味不是一成不变的，它总随着时代的改变纳入各种不同新的滋味，但从母亲的手传下来的味道，一代传一代，总有些放不下。就像过年时家里供桌上的那一条鱼，最后总是烹调成五柳枝。大白菜，红萝卜、香菇、猪肉切丝，调以酸甜味，勾芡淋在煎鱼上，相较于平日餐桌的鱼，不是煎就是酱油煮，这道五柳枝，起初我以为是母亲的创意，后来发现别人家也常这般处理家里拜过的鱼，更惊讶的

是，五柳枝竟然还是一道自古流传的宴席名菜。

这一两年，吃着家里的五柳枝，常会想起客家人餐桌上的那道"炒肉"，由鱿鱼、猪肉和大量青葱等炒成。它的诞生背景竟与五柳枝出现在我家餐桌相似。原来大多靠山而居的客家人，海鲜取得不易，习惯以晒干的鱿鱼代鱼做祭品，祭拜完毕，取来鱿鱼和三层肉，不知不觉就炒出了这道菜，久而久之便成了客家人逢年过节必吃的一道菜，在客家菜大为流行的今天，它还被加入豆干，以"客家小炒"之名成为人们到了客家馆子必点的名菜。而在外吃着它，也必然让人想起老家，一位客家朋友就说还是他的母亲炒的最好吃。

是的，母亲煮的菜，吃着它长大，那滋味已深入一个人的血脉，成为一种难于抹灭的记忆。

冬天过去，春天来了，餐桌上的白菜卤、排骨菜头或丸子汤，越来越少见了。吃完清明的润饼，不久绿竹笋汤现身了，经得起考验的绿竹笋，只用清水，竟也可撑起一碗好汤，而里肌肉条裹粉入汤，在我尝来就又是另一番华丽的风味。

绑完五月粽，立夏的蒲仔面也炒过，丝瓜，刺瓜（大黄瓜）上市，蛤仔丝瓜上桌，用里肌肉片彰显刺瓜鲜甜的汤跟着也端出来了。

而夏天没有胃口时也可以来一碗咸糜，丝瓜和蛤仔炒意大利面也令人期待，从小吃到大的丝瓜蛤仔，什么时候与意大利面合而为一了！啊！一转眼，意大利面出现在我家的餐桌也有二十年的历史了，母亲喜吃也擅煮，对哥哥的小孩，从小吃阿嬷、吃姑姑煮的意大利面、咖喱饭还有牛肉面、狮子头长大，这些1980年代以后才出现我家餐桌的菜，在他们的心中也算古早味。

台湾客家人面对各种盛产的蔬菜，总尽心尽力地将它们制成各式的菜干，冬天收成的芥菜，依腌制时间与手法的不同依序变化成咸菜（酸菜）、覆菜和梅干菜。而萝卜则有切小段晒成的菜脯（萝卜干），以及刨丝的萝卜丝干，也将它刨成似钱币的圆状晒成萝卜钱，这些腌晒的制品，除了备不时之需，也增添了他们餐桌的风味。他们善于利用周遭环境的资源，就像除了葱姜蒜以外，九层塔、紫苏、酸橘等等乡野之味都可以入菜了。

1– 客家小炒
2– 丝瓜蛤仔炒意大利面

炒与炆是客家人的要烹调手法。炒，客家小炒以外，还有姜丝炒大肠、猪血炒韭菜、猪肺凤梨炒木耳；而一个炆字，大锅一盖可汤可卤，跟着上桌的就是酸菜炆猪肚汤、排骨炆菜头汤、红烧猪肉、肥肠炆笋干，这些走过从前的客家人再熟悉不过的菜色，四炆四炒，如今已成客家经典的菜。

相对于客家人多居靠山地带，大多住在台湾沿海或平原地带的闽南人，以葱蒜为主要调料，辅以姜、青蒜，也善用海味爆香，虾米以外，常用扁鱼，口味较清淡，喜羹汤，以往请客都少不了勾芡的菜肴。

客家菜在我家还稚嫩，还有古老的台湾原住民，以及最近新住民餐桌的滋味对我家而言都仍是新鲜，在未来的未来，也许它们有的也会不着痕迹地成为我家餐桌的古早味，而眼前则因为它们的出现才越显母亲经年累月煮的菜的历久弥新。

晚餐时间到了，突然好想吃煎豆腐，虽也是一道母亲从小煮给我们吃的菜，看似简单，但要把豆腐煎得漂亮也不容易，一直到最近几年我才走出总让上桌的豆腐体无完肤的窘境，不过这道菜在我家不只是把豆腐煎好，然后加酱油滚煮就好了，最后还要加上裹粉的瘦肉。母亲的这一招，对我而言，有如变魔术，就像那碗也加了肉片的刺瓜仔汤，瞬间从清简变得奢华。小时候，每每节庆，或家中来了客人，母亲总会施展之，而这样的魔法穿越时空，在这道煎豆腐或刺瓜仔汤，于我家的餐桌变得日常的今天，仍长驻在我的心中。我想每个人家里的餐桌，都有这样长驻的法力，才能让母亲一代传一代的菜，面对从四面八方入侵餐桌的各种新菜色时，还能历久弥新，进而让台湾这张岛屿的餐桌保有多姿多彩的古早味。

私房菜谱

Dishes

① 三层肉与蘸酱

⊙ 做法 ⊙

清水煮熟的肉稍抹盐巴，一般切片蘸酱油膏，
或姜丝醋汁，或蒜茸酱油。客家有时会将煮熟的猪肉切块
泡在调了盐的酒再吃，或者将桔酱调酱油，
或酱油加入九层塔末做蘸酱食用。这些酱汁也适用白斩鸡。

⊙ 步骤 ⊙

1. 水煮三层肉
2. 煮熟的肉抹盐和酒
3. 准备酱料、醋、桔酱、姜丝、九层塔
4. 桔酱调酱油
5. 九层塔酱油

② 五柳枝

⊙ 做法 ⊙

适当大小鲜鱼热油煎熟或炸熟。另起一锅，爆香虾米和香
菇丝，放下肉丝翻炒，再下大白菜，胡萝卜丝、笋丝金针
菇等其他配料可随意加入，加入适量的水或高汤，焖煮后，
以醋调酸味，最后勾芡，淋在熟鱼上即成。

⊙ 步骤 ⊙

1. 鲜鱼热油煎熟或炸熟
2. 爆香虾米和香菇丝，放下肉丝翻炒
3. 放大白菜，胡萝卜丝、笋丝金针菇等其他配料
4. 加入适量的水或高汤，焖煮后，以醋调酸味
5. 勾芡后，淋在熟鱼上即成

Dishes

③

肉豉仔（肉臊）

⊙ 做法 ⊙

家庭版的肉豉仔，准备肥瘦适中的绞肉，锅热，先取一小部分的肥肉，待出油再放绞肉，炒开，淋上酱油，再炒至香，加适量的水，下油葱酥，焖锅，小火滚煮一番，上桌可随意撒葱花。油葱酥可谓台式肉豉仔的灵魂，可事前，将大量红葱头以热油炸成油葱酥，冷了，放冰箱备用。若无事先准备，煮肉豉仔时，先以红葱头爆香再炒肉也可。

⊙ 步骤 ⊙

1. 锅热后，先放肥肉和红葱头，待出油放入绞肉
2. 炒开，淋酱油
3. 加适量的水，下油葱酥，焖锅，小火滚煮

④

白菜卤

⊙ 做法 ⊙

大白菜本身味道清淡，白菜卤即利用各种配料，将它们的滋味卤进大白菜，特别是经过油脂的滋润，让大白菜变得美味好入口。一般先爆香，以虾米或扁鱼，再入香菇、最后以肉丝的鲜味，滋润大白菜。过程可依喜好加入竹笋丝，金针菇，甚至干贝或鱼翅等高档货，最后就成了宴客菜。家常版时以猪油渣，椑皮（炸过的猪皮）丰富白菜卤的滋味；也有人取蛋，打蛋液，让它们透过网杓的洞，滴进热油锅中，炸成蛋酥，加入白菜卤中，让滋味更上一层楼。

⊙ 步骤 ⊙

1. 以虾米或扁鱼，再入香菇、最后以肉丝入锅提鲜
2. 加入大白菜爆香
3. 加盖焖煮
4. 起锅

私房菜谱

Dishes

⑤

鸡卷

做法

传说将厨房剩余的材料以猪网油卷起,入油锅炸的一道菜,可称为多出来的一道菜,多,闽南语为 ke,似鸡的闽南语发音,鸡卷名称更诞生了。荸荠拍碎保留口感,竹笋、红萝卜、洋葱切丝切碎,还有葱花,随意加入拌了适量鱼浆的绞肉中,打一颗蛋,加少许的太白粉,充分搅合,以猪网油卷裹起来,热油炸酥即可。

步骤

1. 荸荠拍碎

2. 竹笋、红萝卜、洋葱切丝切碎,加葱花,加入拌过适量鱼浆的绞肉

3. 打一颗蛋,加少许的太白粉,充分搅合,以猪网油卷裹起来

4. 热油炸酥

⑥

扁鱼肉羹

做法

扁鱼煸香,切片的大白菜、竹笋丝还有切丁的萝卜续入锅炒香,加水煮至出味,将葱花、绞肉与鱼浆拌成的肉羹,一匙一匙下到热汤中,此时火要关小或暂熄火,以免肉羹的鲜味流失太多,最后再开火,肉羹浮上来后,勾芡,打蛋花即大功告成。扁鱼是这道菜的气味所在,可事先煸好,装在罐中,让它的味道更沈更饱满,肉羹煮好时,才洒在上面,上桌时,记得加蒜汁与醋,更具风味。

步骤

1. 扁鱼煸香

2. 切片的大白菜、竹笋丝还有切丁的萝卜续入锅炒香

3. 加水煮至出味

4. 葱花、绞肉与鱼浆拌成的肉羹

Dishes

⑦

刺瓜仔肉羹汤

⊙ 做法 ⊙

梅干菜泡软切细和葱末加入绞肉中，再依口味调入少许酱油与酒，捏成丸子，入锅蒸即可。也可准备一个小锅，加入适量的水，酱油，酒和糖，开小火，将肉丸子一颗颗下入调好的汤汁中，肉丸子外表熟了，再整锅放入电饭锅蒸，会越蒸越入味。

⊙ 步骤 ⊙

1. 梅干菜泡软切细和葱末加入绞肉

2. 调入少许酱油与酒，捏成丸子

3. 将丸子入锅蒸

4. 准备一个小锅，加入适量的水，酱油，酒和糖，开小火，将肉丸下入调好的汤汁中

5. 肉丸子外表熟后，再整锅放入电饭锅蒸

⑧

客家小炒

⊙ 做法 ⊙

鱿鱼干泡软切成适口大小，五花肉清水煮熟切片。肉片入锅煸至出油呈焦香，鱿鱼也要炒至香，最后加入大把的葱段，调味，洒米酒，即可上桌。客家餐桌上，通常会先挑葱段吃，隔天，剩下的肉片和鱿鱼再下锅，新鲜的葱段跟着再放，会越炒越香，越令人回味无穷。

⊙ 步骤 ⊙

1. 鱿鱼干泡软切成适口大小

2. 五花肉清水煮熟切片，葱段备用

3. 肉片入锅煸至出油呈焦香

4. 加入鱿鱼炒香

5. 加入大把的葱段，调味，洒米酒

寻

味

Savor in Taiwan

吃出
民国范儿

欧阳应霁

Dining in Republic style

Text ｜ 欧阳应霁
Photo ｜ 陈迪新

欧阳应霁

两岸人文旅游观察家、时尚美食达人、资深旅游规划师。现任台湾旅馆旅行业国际营销协会会员，中央电视台《读书》栏目嘉宾、搜狐旅游频道微访谈嘉宾、台湾东森新闻名人带路单元贵宾美食达人，著有《台湾自助游》。

说实话，很害怕怀旧，很不满餐厅店家滥用怀旧菜这种包装和促销的手段。世界在变，从食材到烹调手艺到菜系都是活的，味觉是个人的，味道是集体的，无论是在进步或者倒退，都是在动的。所以要真正"复活"过去某某年代某某人某个菜，根本不可能也没必要。即使真的有人把当年装箱入罐冰封雪藏的食材出土解冻拿来作菜，那叫"死菜"。

但有一样真正可以传承并弘扬的叫"精神"：几百几千年前的做人处事生活方式态度，认识自己和思考世界的原则方法，是会以文字、器物以至环境气场等形式又实际又微妙地流传后世，作为某种催化剂，激活今人的思维和动作。我们回头探看撷取以做参考的，该是这种精神。

说到民国范，这个近年在中国大陆十分流行的话题，其实就是一种在自觉精神贫乏、传统断裂、价值观扭曲的当下情状中，对二十世纪民国初年社会上尽领风骚的一群先生女士的做人处事入世出世言行举止方式态度的好奇关注，希望借取过来一点精神增加一点能量，打破当今困境闷局。

我等为食家伙，在深信 You are what you eat（人如其食） 的大前提下，最好奇的是当年诸位吃喝的是什么？而人在台北，在这好些当年跟随国民党来台，从军政至公教机关的伙食团及饭堂改制成民营后开设的餐厅中，又或者在将帅的家厨本人和后人进入社会经营的餐饮老字号里，的确还能吃出那种依然固守未经断层的民国味道。民国味道，即使在始创的当年，也是一种革命的，勇敢鲁莽的，开放包容兼收并蓄的味道，吃得大家元气淋漓，痛快自由。从民国政府抵台，一直进展演化到今日，这种既重视各方各省地缘传统，又适时融汇突破创新的精神，已经成为一种基本的态度和原则。而这实在好滋味的背后，是重情守信、有节、有礼。我在台北众多食肆中与店家以及服务员接触来往，都被他们的热情诚恳、专注、淡定、开心自信而深深感动。有范，这就是民国范。

陆光小馆

A 松山区市民大道四段 103 号
T （02）87718855
H 11:30–14:00 / 17:30–21:00

眷村菜是什么菜？

带我来吃饭的豆导钮承泽一脸通红（骑车日晒加上开始喝啤酒），笑着在这
鼎沸人声中扯开嗓门说："就是大江南北的家常菜。"

1945 年二战结束之后，民国国民政府从日本台湾总督府收回台湾管辖权，已
经开始有中国大陆各省居民与官兵陆续来台。1949 年，超过一百五十万各省
军民迁移台湾定居。面对人口激增必须解决的居住问题，政府以军种、职业
性把渡台的陆海空三军宪兵与其他种类官兵及眷属（严格定义中不包括公务
人员、教师和警察）群聚于改建自日治时期遗留的老区住宅或特别拨地于军
营附近兴建的房舍，此为眷村的开始。

眷村居民来自大江南北，眷村生活文化从一开始就强调多元和共融。在军饷
低微，生活空间封闭狭小，公共设施缺乏，整体建设落后的当年，眷村居民
的日常生活，子女教育和医疗等都得由当局作部分补贴。虽然如此，眷村居
民之间同舟共济的心态，令眷村生活有了一种互爱互助的感情联结。

反映在日常饮食生活中，各省各族各家各户的饭菜口味都在飘香，特别是节庆
期间，大伙一起和面、包饺子、包粽子、做年糕，然后分食共享的情况十分普
遍。这也是我身边有眷村生活经验的上了点年纪的老朋友至今还津津乐道念念不
忘的。

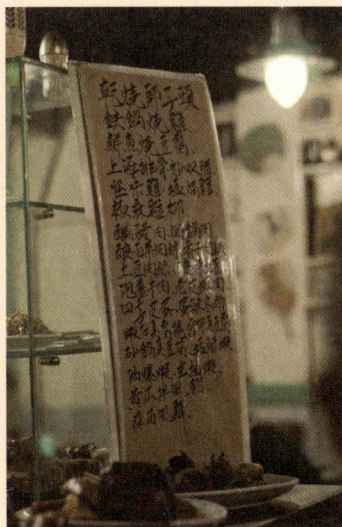

随着二十世纪八十年代眷村陆续拆除改建，眷村的实际生活经验中止，种种人情细节未入回忆角落。但好几代眷村人对眷村的情感却有增无减，除了反映在文学、影视和舞台剧的创作中，眷村菜作为一种重现味觉经验的保存延续，也变得煞有介事起来。

眷村作为一个主题，眷村餐厅的名字也以眷村本来名字如"陆光""二空"为名，也有就直呼"村子口"的。外墙一律漆成蓝绿色，走进去就像当年眷村会堂和家居的布置，正中挂着青天白日满地红的旗帜，墙上白底蓝字写着当年的口号标语，墙柜架上挂放着国民党各级将帅以及当年明星歌星的照片月历，堆栈起大同电视、卡式收音录音机，空气中回荡的从严正的"三民主义，吾党所宗"到励志歌曲到流行经典，连在柜台切卤味厨房里掌勺的大哥也穿着军服汗衫，吃到的从刀功娴熟的入味卤味、各式凉菜、红烧狮子头、炒饼、炒双腊，再来一盘饺子……对我这个没有眷村生活经历的家伙来说，更是一个时空穿越，趣味十足的全经验。

酒酣耳热，我们一桌倒没有借此刻意细数各位过往在眷村的生活细微，也不必矫情地搬出"年年难过年年过，处处无家处处家"两句老话。其实单单瞄一下身边店内满满食客的轻松自在，开怀吃喝，就是"我们都是这样长大的"最好明证。

北平都一处

A 信义区仁爱路四段 506 号
T （02）27297853
H 11:00-14:00 / 17:00-21:00

北平都一处这家开业超过半世纪的老店，多年来招呼接待过无数位高权重声名显赫的中外宾客，店名有一个音意皆妙的英译叫"Do It True"。求真然后尽善至美，这不是惶恐遵从的老规矩而是一种豁达高尚情操。

有幸由都一处的老顾客倪桑指点引路，相约了不轻易下山的店东徐翰湘老爹来一起商议决定菜单，顺道分享老店逸事。身壮力健声音洪亮的徐老爹一出现，就是有那道厉害气场，不仅对满桌的镇店招牌菜例如酱肉、松子熏鸡、炸三角、炸丸子、糟溜鱼片、合菜玳瑁、芝麻酱烧饼、褡裢火烧，以及堪称全台北最贵的八百台币一个的葱油饼等等十足自豪，嘴里说的着手做的脑里盘算的还有这季来季的新菜和不断研发上市中的养生食品诸如红枣银耳羹、酪干和冰柿子。老人家没有眷恋固守往昔辉煌景状，反是与时并进朝前看，叫我们作为嘴馋食客的也受到启迪鼓舞。

下回要趁年菜开售的时候再来，一定要吃限时量产的红枣发糕！

天厨菜馆

A 中山区南京西路 1 号 3 楼
T （02）25632171
H 11:00–14:00 / 17:00–21:00

来到天厨，这家身边台湾的北方朋友一听到就会哎呀一声，缓三秒，然后兴奋雀跃地说起小时候跟长辈在这里吃过什么什么的北平菜餐厅老字号，我们有点过分的偏偏没有点吃烤鸭。

烤鸭的滋味是怎样的，大家都该知道。所以今天安郁茜老师带我来细意专心品尝的，是恐怕在台北、在台湾也再没有其他馆子的师傅会做的"尼罕宁默哈库它"——这是参考满汉全席菜谱还原烹调的功夫火候菜：炖到汁液浓稠，吃来软嫩入味的牛肚炖鱼肚。安老师很淡定地向服务员念出这串咒语一般的菜名，我在旁吃吃地笑。

当然还有小巧别致入口外皮酥脆内里软韧有劲的干炸丸子，难得咬下去还有鲜甜肉汁！主菜青豆鸡丝也是刀工灵巧，吃来滑溜清甜，加上招牌菜天厨老豆腐更是费工：豆腐与土鸡长时间熬煮后除去硬边，铺上火腿和鲍鱼丝再以大火蒸透，直至老豆腐饱吸土鸡的油、火腿的咸与鲍鱼的鲜——所谓老菜承传，就得从食材选择、烹调步骤、火候调控方方面面稳守，原则标准立定，再而与时俱进地拥抱挑战迎接变化。

有了这些经营者与员工上下同仁几十年来坚守水平稳中求变的老字号，叫一代又一代的嘴馋为食人如你我，有缘有幸可以味觉先行的通过五感体验民国范！

逢八月公休，三节休。

长白小馆

A 大安区光复南路 240 巷 53 号
T（02）27513525
H 11：30–14：00 /17：00–21：00

第一次见识亲尝酸菜白肉锅，不是在老远的摄氏零下二三十度的东北地区，却是在冬天也够湿冷的东区，台北的东区巷子里的这家也叫作长白的东北小馆里。一向惯吃老派港式"吃火锅"的我，从自家以海鲜和蔬菜为主料，清汤作底的清鲜口味，一下子面前出现了从未尝过的酸菜白肉锅，的确十分新鲜好奇。一盘满满都是酸白菜的汤底，加入已经烫过并蒸熟后冷却切片成形的猪肉薄片，再先后自选冻豆腐、粉丝、青菜、肉片下锅一涮就行，蘸上自行调制的混合了酱油、麻酱、红糟、豆腐乳、蒜泥、韭菜花酱等口味的调酱进食。那种菜酸肉鲜酱香的好滋味好感觉，足以驱走寒冬的郁闷，而且吃酸肉白菜锅总不能孤单独食，得花点时间和唇舌呼朋唤友凑足满满一桌人，在喧哗吵闹声中说短话长，吃食火锅的要义也就在分享。

隔了好些年再访长白，约得真正的东北好汉刘长灏来做深度勘探。自小就跟家人在长白吃火锅的长灏，示范了调酱技巧和涮肉手势，除了多点两盘牛肉、羊肉和冻豆腐，还要试试其他主食如葱油饼、韭菜盒以及蒸饺——对了对了，要吃酸肉白菜锅就得约上东北汉子，看来怎样也吃不完的一大锅一整桌最后都吃光光。

人和园云南菜

A 中山区锦州街 16 号 1 楼
T （02）25364459
H 11:30－14:00 / 17:30－21:00

一切由面前这个破酥包子开始。

多年前还未到过云南，对云南完全零认识。就在台北街巷中一家云南小馆里随便吃了顿饭，十分家常的菜式，印象不是特别深，只是惊人地发现一款面皮吃来口感特别弹韧、甜馅腴稠咸馅鲜香的包子。餐牌写着这叫破酥包子，为什么这样称呼也没多追查讲究，就是好吃，就记住了云南原来有这种吃食。

许多年之后真的到过云南，仓促到连正经吃个包子的时间也没有就回来了。在香港也吃过云南菜，但却没有供应破酥包，所以这回宝瓶说要带我吃一家她十分喜欢的云南馆子，我第一时间就问："有破酥包子吃不？"

当然有当然有，但要留待压轴，因为一顿饭下来起承转合中都是精彩百出。我也着实见识体验到一家老店如何在几十年来两代人的经营过程中，既保持也把握一种轻快灵巧的身段和沉着低调的气度。这都见诸店堂的装潢格局，也见诸从前菜到主菜主食每个菜肴的讲究用心：酸脆醒胃的凉拌结头菜，精致费心的豇豆酿百花，香酥不腻的煸香菇，惊为天人的鸡油豌豆，朴拙实在的土豆焖饭，当然最后还有破酥包。我贪心，有金橘和芝麻流沙馅的糖包、豆沙包和肉包各吃了一个，实在不够矜持。

上海小馆

A 新北市永和区文化路 90 巷 14 号
T（02）29294104
H 11:30–14:00 / 17:00–21:00（每月第二及第四个周一公休）

常常听身边的饮食业界高人前辈反复强调经营食肆至要重视 location，location，location（地点），越说我其实越糊涂。就让我原地站在不知好歹的境地，作为嘴馋食客，出门用餐吃的不该就是 passion（激情），quality（质量）和 technique（技术）吗？

即使台北市区街巷来回走动了这些年，其实也都不敢说真的熟悉，更何况过河（过桥）到中和、永和或者大直或者三重去，但如果某某食肆有绝佳好评（或怪评）勾起我等兴趣，管他是鸟不下蛋的地方也会跑过去，这也是对古早味的另类理解吧！

说了那么多，就是想说这家坐落寻常街角，店内装潢并不讲究的上海小馆，就是因为食材严选，烹调有道，火候拿捏正好，长期赢得一众食评名家如朱振藩老师、王宣一老师以及跟我同样嘴馋为食的老友恩文大哥、心怡妹妹（不该称姐的，我懂）的衷心赞赏。我有幸，得以叨陪末座，吃到一整桌功力非凡的大菜，身边前辈都会认这是少数保得住老味道的，位处台北的上海菜馆——来看、来尝，第一身体验最准确最真实。

银翼餐厅

A 大安区金山南路二段 18 号 2 楼
T （02）23417799
H 10:00—14:00 / 17:00—21:00

当然你可以一个人在挤拥人潮之前或之后跑来银翼只点一碗葱开煨面鲜香滑溜入口，也可以跟两三个知己午间小聚。必点清爽不腻的镇江肴肉蘸镇江醋佐姜丝，再来吱吱有声的锅巴虾仁，酸甜香脆惹味，然后喝杯清茶定定神，等那把十二厘米见方豆腐巧手切成细丝数千，再以上汤轻煨的传奇菜式"文思豆腐"出场，然后以一笼集合了蒸饺糯米烧卖和小笼包的精致巧手的杂式小笼作结。

还有到了喜庆聚餐大日子，各种口味配搭的干丝或炒或煨汤，清炒鳝鱼未够还点烧下巴，然后是重头戏肴元宝出场，肥美滑溜入口即化的猪皮带肉，哪管明天再跑十几公里——

常常笑着怀疑银翼的前身为什么会是空军官校伙食团？这么厉害的菜式把大家都吃胖了，怎么挤得进翱翔天际的战机？

龙都酒楼

A 中山区中山北路一段 105 巷 18 之 1
T （02）25639293
H 11:30–14:00 / 17:45–21:00

作为一个从小在香港吃粤菜长大的嘴馋为食人，我自觉有这个责任穿州过省甚至飞到十万八千里外的异国去"考察"粤菜在离开了自己土地之后，究竟会长成一个什么样子变成一种什么滋味？而当我在伦敦在阿姆斯特丹在悉尼都吃到很讲究很不错的粤菜之际，我当然期待在台北这个如此亲近的城市，也能吃到心满意足的粤菜。越是这样想，就越不敢轻易尝试，茶餐厅？广东烧腊？广东粥？也许这些味道太熟悉了，总未在台北找到百分百的认同。而这回矢志要找出一家粤菜酒楼老字号，身边的久居台北和经常来往台港的朋友都不约而同地说：龙都。

龙都以烤鸭出名，早已自成一格局气派。精选宜兰鸭，纯熟精准的烤制，在食客台前片皮、上碟、配上鸭酱、葱段、以手工饼皮包裹鸭皮鸭肉，吃来皮脆肉嫩、甘香丰腴——好吃是没话说，但这种吃鸭的形式，分明是北京填鸭的吃法，广东人吃鸭大件入口，没那么讲究——我的地域固执又作怪了。

但还好的是龙都的广东点心还真的不错，再来一盘素菜，也的确是广东酒楼饮宴的水平——至于酒楼的装潢也就十分的二十世纪八十年代香港风格，相信王家卫也会喜欢。

谈话头家常菜

A 大安区光复南路 240 巷 55 号
T （02）87718254
H 11:30–14:30 / 17:30–22:00

少年弟子江湖老——搬出这不明来历的煽情句子，很适合形容健和帮忙召集的在谈话头的这顿饭。

谈话头，我竟然一不小心都经历过这家店 1987 年在复兴南路，1990 年在信义路，2003 年在延吉街，2012 年刚搬到光复南路新铺的这四个阶段。谈话头有我最喜欢吃的湖南蛋（虽然私下会怀疑湖南哪个乡哪个镇会有同样的做法？！），来到谈话头吃饭，会跟我在不同年代不同场合不同原因认识的台湾文艺圈老朋友不约而同打个照面，有时碰巧有座位同台闲聊，有时也各自专心吃喝。在这个怪咖向子龙老板多年坚持"不勾芡、不放味精，不收服务费所以也没有什么服务"的三不政策厉行的餐厅里，吃的是舒服随便的家常菜。说是以湘南菜为主，也融合江浙和其他口味，也就是说，看老板和厨师的心情状态——我们作为食客的，不也是一年四季有冷热有高低吗？所以人在江湖，我和我这群老友们都各自认知被认为是范儿，也管不了是民国范还是文艺范了——健和、耿瑜、懿德、嘉华、西宇、郭力昕和钟适芳夫妇、许村旭和女友黄丽群、褚明仁大哥，旧友新朋，有缘同桌共饭，家常菜也是江湖菜，江湖中努力吃喝玩乐，少年弟子，江湖老了——

图书在版编目（CIP）数据

遇见台湾·古早的味道 / 张钰良，许菲主编 . ——
南昌：百花洲文艺出版社，2018.6
　ISBN 978-7-5500-2587-5

Ⅰ . ①遇 … Ⅱ . ①张 … ②许 … Ⅲ . ①散文集—中国
—当代Ⅳ . ① I267

中国版本图书馆 CIP 数据核字 (2017) 第 316055 号

遇见台湾 ·古早的味道

张钰良　许菲　主编

出　版　人：姚雪雪
责任编辑：郝玮刚　陈少伟
装帧设计：云中设计工作室
出版发行：百花洲文艺出版社
社　　址：南昌市红谷滩新区世贸路 898 号博能中心 A 座 20 楼
邮　　编：330038
经　　销：全国新华书店
印　　刷：浙江全能工艺美术印刷有限公司
开　　本：787mm×1092mm　　1/16
印　　张：13.5
版　　次：2018 年 6 月第 1 版第 1 次印刷
字　　数：150 千字
书　　号：ISBN 978-7-5500-2587-5
定　　价：58.00 元

赣版权登字　05-2017-534

网址 http://www.bhzwy.com
图书若有印装错误，影响阅读，可向承印厂联系调换。